悲しむひとは、美しい。

菊田アキ AKI KIKUTA

Clover
クローバー出版

table of contents

chapter 0

悲しみや苦しみを乗り越えることで真の美が創られる

人生の旅路において、私たちは悲しみや苦しみに直面することは珍しいことではありません。時には暗闇に包まれ、心に深い痛みが広がることもあるでしょう。しかし私たちがこの苦難と向き合い、乗り越えることで真の美が生まれるのです。悲しみや苦しみは、私たちが成長し、内なる力を開花させる試練かもしれません。その痛みと闘いながら、私たちは自己の強さと意志を見つけ出すのです。喜びと悲しみ、勇気と迷いが交錯する中で、私たちは自分自身を深く見つめ直し、内面の美を探究することができます。この過程は容易なことではありません。自己肯定感の低下や心の傷に苦しめられることもあるでしょう。

私自身も、「いつも楽しそうで悩みなんてなさそう」と言われることがありますが、実際にはどう生きていくべきか分からず、長い間、絶望感で苦しんできました。心の中に抱えた悩みや苦しみは、人目に触れない部分で私を苦しめ、時には自己肯定感を揺るがせることもありました。そんな時に奥平亜美衣さんの『引き寄せの教科書（小社刊）』を読んで、様々なことを引き寄せることで、劇的に人生が変わりました。自分軸で生きることの大切さを学び、直感に従って行動するうちに、いつの間にか健康状態や家族を含む人間関係が改善されたり、好奇心から学んだことが仕事になり、お金が循環したりするようになりました。そのような経験を多くの方々にお伝えしたいと思っていた時に、偶然見たメルマガで子供の頃からの夢だった出版も引き寄せることができました。

しかし、実際に執筆活動に入ろうとした矢先に最愛の夫が突然亡くなるという衝撃的な出来事が私の人生に訪れました。その時の痛みや喪失感は言葉にできないほどでした。しかも、夫の突然の死は、新型コロナワクチンを受けた後だったので、関連性は否定されましたが、疑心暗鬼になり、被害者意識を持ち、さらには自分の言葉のせいで夫の死を引き寄せてしまったのではないかという罪悪感で苦悩に苛まれてきました。

それでも、時間と経験を通じて、私は自分自身の苦悩から学び、成長することができました。悲しみや苦しみが私の内なる力を目覚めさせ、逆境に打ち勝つための強さを養ってくれたのです。深い悲しみの中で見つけたのは、人生の中で真に大切なものや強さでした。挫折や苦悩の中にこそ、新しい可能性や成長への扉が広がっていることを知っていただければ幸いです。

この本では、読者の皆様にバーチャルな体験や私が実際に行ったエクササイズを通じて学びを得ていただけるよう努めています。具体的な要素として、「大切な人の生と死」、「引き寄せ」、「エネルギー」、「リンパケア」、「言霊」などを取り上げています。これらは、私自身が絶望感から回復する際に非常に有効だったツールです。そして、これから始まる33のストーリーは、深い悲しみや辛い経験が私の心にしみ込んでいたからこそ綴ることができました。人生は試練や困難に満ちた旅路ですが、その中にこそ成長や発見があります。悲しみや苦しみは私たちが内に秘めた力を目覚めさせ、より強く、より充実した人間になるためのチャンスなのです。私自身も迷いや苦しみを経験しましたが、それらを乗り越えることで新たな自己のあり方を見出すことができました。そして、その経験があるからこそ、他の人々にも希望と勇気を与えることができるようになったと信じています。

この本を手に取ってくださった皆様には、自己の内なる力を信じ、困難な状況に立ち向かい、真の美を創り出すための道を見つけていただきたいと心から願っています。最後までお読みいただければ幸いです。

chapter 1

天国から地獄へ

「薔薇色の人生って、こんな感じ？」

……その時、私は天にも昇る思いでした。誕生日の数日後、他県の友人宅に遊びに行った時、友人たちが手作りのケーキなどでサプライズのお祝いをしてくれました。友人たちの笑顔とケーキの甘い香りが、私の心に幸福感を満たし、幸せの絶頂でした。

「お誕生日おめでとう！」

「出版も決まったんでしょう？　ダブルでおめでとう！」

友人たちが次々に祝福の言葉をかけてくれました。

「どんどんすごい人になっちゃって、遠い存在になっちゃうね」

と言う友人に私は答えました。

「そんなことないよ。引き寄せがうまくできただけ」

「でも、出版なんて、普通なかなかできないんじゃないの？ どういう経緯で出版できることになったの？」

興味津々に尋ねてくる友人に私は答えました。

「たまたま見たメルマガで、奥平亜美衣さんの『引き寄せの教科書』を編集した方が企画を募集していて、それに応募したの。実は、この本を読んで引き寄せを実践したら、本当に色々なことが引き寄せられてきたから、まさに私のための企画かと思って」

そんな風に答えた私に友人たちは感嘆の声を上げました。

「凄い‼」

「それって、まさに引き寄せじゃない？」

「うん、凄い引き寄せだよね？　その本を読んでから、今まで怪しいと思っていたスピリチュアルなことも学んで実践していったら、原因不明の高熱で留年しそうだった長女や、危篤状態だった父が元気になったりしたこともあったんだよ。だから、私みたいにスピリチュアルなことを怪しいと思っている人にも本当にこういうことがあるのを伝えたいと思って……」

「わぁ。面白そう！」

「早く読んでみたい」

「今日は、◯◯先生とインスタでコラボライブやるんでしょう？　そっちも楽しみにしてるね」

友人たちの応援メッセージを受け取り、ウキウキして答えました。

「ありがとう。よっぽどのことがない限り絶対にやるから、ライブ見にきてね♪」

美味しいケーキを食べながらの会話中、私は幸福感に包まれていました。この瞬間、これからの未来は、ワクワクする楽しいことばかりだと信じ切っていました。

しかし、わずか1時間後には、まさか本当に「よっぽどのこと」が起こり、天国から地獄に一気に突き落とされるなんて予想だにしていませんでした。その瞬間の感情は、言葉では到底表現しきれないほどの衝撃と絶望でした。人生は、砂の城のようにもう少しで完成と思った瞬間に、呆気なく崩れてしまうことがあることを実感した瞬間でした。

chapter 2

青天の霹靂

有頂天だった私を天国から地獄に突き落としたのは、義母からの電話でした。普段はあまり電話をかけてこない義母からの着信に、何かあったのかと少し不安を感じながら出てみると、私の不安を遥かに上回る青天の霹靂のような内容でした。

「すぐ帰ってきて！　達也が亡くなったの」

と、悲痛な叫び声が耳に飛び込んできました。その一言で、私の心臓は凍りつきました。心臓がドキドキと爆発しそうなほどに波打っているのが自分でも分かりました。なんと返事すれば良いか分からず、私は、状況を理解できないまま一旦「分かりました」とだけ言って電話を切りました。

しかし、実際には何が起こったのか、全く理解できず、何もかも納得できずにいました。義母は何を言っているのだろうか？　疑問符が頭の中で渦巻きました。しばらく放心しながら考えているうちに、やがて涙が溢れ、霞む目と震える指でなんとか電話をかけ直しました。

「亡くなったって、どういうことですか？　死んじゃったってことですか？」

自分でも喋りながら何を言っているのか分からなくなっていました。私が家を出た時に元気で見送ってくれた夫がこんなに突然亡くなるなんて、全くイメージできず、自分が日本語の意味を取り違えているのかと思って、混乱しながら、もう一度義母に尋ねてみました。

「とにかく、早く帰ってきて！」と繰り返す義母の言葉に、それ以上詳しいことは聞けずに、一刻も早く帰宅しようと帰る準備を始めました。私のただならぬ様子を見た友人たちは「そんな状態で運転して帰るのは危ないよ。私が代わりに運転するから」と言ってくれましたが、私はとにかく一刻も早く帰りたかったので、友人たちの気遣いに感謝しつつも、急いで車に乗り込みました。友人たちがずっと心配して見守ってくれていることを感じましたが、その時は私の中で早く一人になって落ち着いて考えたいという切実な思いしかなかったので、挨拶もそこそこに車を発進させました。

車の中で一人になると、深呼吸をし、自分自身を落ち着かせました。

「私は運が良いんだから、こんなことが起きるはずはないよね」

「これは何かの間違いに決まっている。ドッキリか何かの企画なのかも……」

と、不安に打ち勝つように敢えて奇妙な考えを巡らせ、力を振り絞り、震える手でハンドルを握りしめました。

運転しながら、ふと「このことを二人の娘たちは知っているのだろうか？」と思いましたが、夫の安否を確認するまでは、娘たちには不安な思いをさせたくないと感じ、一刻も早く夫の元に急ぐ決意を固め、高速道路に入り、アクセルを一気に踏み込み、スピードを上げました。

chapter 3

煽り運転の恐怖

高速道路に入って間もなく、耳をつんざくような凄いクラクションの音が鳴り響きました。一瞬、私を心配した友人たちが追いかけてきてくれたのかなと思い、振り返ると、そこには、恐ろしい形相をした男の人が窓を開けて、何やら怒鳴りながら私の車を恐ろしいスピードで追いかけてきているようでした。その様子に驚いていると、その車は、後ろから私を凄いスピードで追い越して行きました。そして、急に私の前に割り込んできてノロノロ運転を始め、私の進路を阻もうとしました。ただでさえ急いでいた私にとって、その行為は、腹立たしくもあり、なんとか抜き去りたいと思いましたが、サービスエリアの近くでは私に向けて「こっちに入れ」というジェスチャーをしてきました。

その瞬間、私は本当に恐怖に包まれ、混乱しながら必死でそのまま運転を続けると、その運転手はさらに恐ろしいスピードで私を抜かし、また私の前に入って進路を妨害するような運転を続け、私に車を止めさせようとしました。私は混乱と恐怖に包まれながらも、なんとか運転を続けました。恐らく、気が動転していたため、私が高速道路に入る際に何か危険なことをしてしまい、その運転手を怒らせてしまったのだと思いますが、その運転手の行動はまさに煽り運転そのもので、彼の攻撃的な運転は、既に夫の突然の死で傷ついていた私をさらに精神的に追い詰めるものでした。

高速道路を走りながら、私はなんとか冷静さを取り戻そうと努力しましたが、恐怖心や悲しみが私の心を支配し続け、その運転手の攻撃的な行動によってますます不安定になっていき、心が崩壊しそうでした。このまま高速を走り続けるのは危険と判断し、その車の後ろをさらにスピードを落として走り続け、やがてその車が高速出口を通り過ぎると、自分だけ素早く一般道に向かいました。ハンドルをしっかりと握りしめ、心の中で夫への思いを胸に秘めながら運転を続けました。

一般道に入ると、周りの景色が変わりました。静かな道路と自然の風景が私を包み込み、心に穏やかな安息を与えてくれました。その一方で、夫が亡くなった悲しみを改めて思い出し、これからのことを考えると漠然とした不安が襲ってくるのを感じました。

「これは悪い夢、夢なら覚めて」と何回も思ったけれど、現実であることを思い知らされ、心の中は寂しさと混乱で溢れていました。つい先程まで、友人たちが笑顔でお祝いしてくれていたのに、突然奈落の底に突き落とされたような絶望的な気持ちで運転を続けました。夫がどんな姿で待っているのか考えただけで、胸が張り裂けそうでした。

chapter 4

夫との対面

予期せぬ出来事が発生し、到着が大幅に遅れましたが、なんとかやっと病院に到着しました。病院の入り口で、夫の従弟とすれ違いました。一瞬、期待が芽生え、すがるような気持ちで目を合わせましたが、彼が悲しそうに首を振った瞬間、私はますます絶望的な気分に襲われました。病院の中に入っていくと、親戚の多くが既に集まっていました。私は、自分より先に多くの人たちが駆けつけていたことにさらに深い絶望感を持ちながら、やっと夫と対面しました。

夫はベッドに横たわり、まるで眠っているかのような美しい顔をしていました。「信じられない……」という気持ちで、床に崩れ落ちました。最後に会った時は、彼が元気に見送ってくれたのに、一体何が起こったのか、夫の姿を目の前にしても理解できませんでした。夫の安らかな顔を見つめながら、私は深い悲しみと喪失感に包まれました。彼が何故こんなに早く私たちから離れてしまったのか、答えのない問いが頭を巡りました。泣き崩れる私に次女が抱きついて泣きじゃくっていました。前日まで元気だった父親の突然の死に、次女も信じられない気持ちでいっぱいのようでした。病院の廊下には親戚たちが集まり、悲しみに暮れている様子でした。互いに言葉を交わすこともなく、ただ立ち尽くすばかりでした。この突然の別れに誰もが戸惑い、言葉も出ませんでした。静まり返った空気の中で、私たちは互いの存在を感じながら、黙々と支え合っていました。

そんな雰囲気を変えたのは、東京在住の長女が登場した瞬間でした。彼女は親戚たちに挨拶をしたり、様々な手続きを請け負ったりして、まるで救世主のように思えました。思春期の頃、親に反抗して家出をしたこともあった長女でしたが、紆余曲折を経て、頼りになる大人に成長していることを心強く感じました。その日からお葬式まで、二人の娘たちと一緒に斎場に泊まり込みました。娘たちがそばにいてくれたおかげで、何とか少しだけ食事もできました。現実逃避のためにお酒を飲んでも、全く酔えず一睡もできませんでしたが……。

夫の姿を見るたびに、漫画『タッチ』（あだち充）の主人公が、双子の弟が突然亡くなった時に言ったセリフが何度も頭に浮かびました。

「きれいな顔してるだろ。ウソみたいだろ。死んでるんだぜ」というセリフが、現実と向き合う辛さを私に思い知らせました。ただ救いと言えるのは、夫が全く苦しげな表情をせず、むしろ満足そうに微笑んでいたことでした。その表情を見ると、「また奇跡が起きるかも？」という希望が湧いてきて、私は自分のできる限りのエネルギーワークなどもして過ごしました。

「あの時、パパを生き返らせようとしていたでしょう?」と、後で娘たちから言われましたが、その時の私は本気で自分なら奇跡が起こせると信じていました。今まで何か悪いことが起きた後に奇跡が起きることを何度も経験してきたし、こんなバッドエンドで終わるようなことは絶対にありえないと自分に言い聞かせていました。しかし、流石に死者を生き返らせることはできず、「どんなに頑張っても、事態は変わらないのだ」と悲しみとショックが私を襲いました。

夫の急な死は、私にとって大きな衝撃であり、深い喪失感を抱えることになりました。これまで色々なことを学んできた意味が、最愛の人を救えなかったことに対する罪悪感と深い絶望感に変わりました。夫の死を受け入れることができず、自分自身に対して無力感を覚えました。

chapter 5

亡くなった日～お葬式まで

夫が亡くなった日の夜、私はInstagramでコラボライブを予定していました。しかし、相手の方に事情を伝えて急遽、中止にしていただくことにしました。以前の練習ライブでは、「よっぽどのことがない限り、絶対やります！」とフォロワーの皆様にも宣言していたのに、まさかこんな「よっぽどのこと」が起きてしまうなんて……と、心の中でツッコミを入れながら、頭の中には様々なことが思い浮かび、また消え去っていきました。失意とともに自分が約束を守れなかったことに対する自己嫌悪が湧き上がりました。予定していた準備や練習が水の泡になってしまったことや、楽しみに待っていてくださったフォロワーの皆様に対して申し訳ない気持ちでいっぱいでした。しかし、夫が突然亡くなったことは、ごく一部の親しい方にしか伝えることができませんでした。というのは、いつも楽しいことを引き寄せていた私が、こんなに辛く悲しい目に遭っていることを見せたくなかったのです。

予定していたセッションやイベントのキャンセルや延期だけでなく、夫の葬儀やお通夜などの手続きに感情を押し殺し、冷静に次々と決断しなければならない状況に、時間が飛ぶように過ぎていくようでした。その忙しさは、一方で気持ちを紛らわせていたように感じました。夫との突然の別れに対処するため、自分を奮い立たせて行動することが、少なくともその期間、心の崩壊を避ける手助けになっていたのかもしれません。

夫の友人や同僚たちから夫の様子を伺った時は、私の知らない新たな一面を知れたような気がしました。彼がどんなに皆に慕われていたのか、そしてどれだけ多くの人々に影響を与えていたのかを知ることができた瞬間でした。彼の存在が、私の人生において、どれほど大きな役割を果たしていたのかを垣間見ることができ、それが何よりも心を安らかにさせました。思い出話に花が咲き、笑い合っていると、なんだかその場に夫もいるようで、寂しさが和らぎました。同じように大切な方を亡くされた経験をそっと私に話して励ましてくださる方々も何人かいらして、辛いのは自分だけではないと思えると少しだけ気が楽になりました。彼らの支えは、心の傷を癒し、前に進む力を与えてくれました。

夫との思い出や共有した瞬間が、私の心に温かな光をもたらしてくれました。彼の存在は、私たちの生活から身体的には消えてしまったけれど、心の中では永遠に生き続けていることを感じました。そして、その思い出が私に力を与え、前を向かせてくれることに気付きました。今はまだ立ち直れていないけれど、月日が経つうちに私も他に同じような体験をした方の力になれたらと思いました。彼の思い出と共に、前進し、新しい章を刻んでいく覚悟が少しずつ芽生え始めました。

chapter 6

お葬式で喝を入れられる

葬儀の日。式場には悲しみがただよい、参列者は皆、神妙な面持ちで静かにお経を聴いていました。目を瞑っていると、紫、金、白などの光が渦を巻いて、ゆっくりと空高く昇っていくのが見えました。夫が天国に召されていくのだと感じ、少しだけ安心の気持ちが湧いていました。

式が進行し、会場はますます静謐な雰囲気に包まれていました。その時、突然、僧侶がおもむろに立ち上がり、祭壇のお位牌や遺影に向かい、何やら小さな声で唱えています。長いお線香を持って儀式的なことも行っています。これは引導の儀式の始まりです。引導とは、この世からあの世の仏の道へ導くための儀式で、故人が死を自覚し、安らかに浄土へ旅立つことを意味しています。僧侶は静かにお経を唱えながら、故人の霊魂を導く準備を始めました。その儀式は神聖な雰囲気に包まれ、参列者たちは静粛な心で見守っていました。

突然、式場内に響き渡る大きな声で「喝（カ〜〜ッ）!!」と僧侶が叫びました。その声が会場に響き渡ると、一瞬にして空気が変わり、少しざわめいた感じがありましたが、また静まり返りました。思わず二人の娘たちの顔を見ると、二人とも驚きに満ちた顔と共に笑顔になっていました。その後、僧侶がシンバルのような楽器を激しく叩き始めたので、なんだか急に可笑しくなって笑いがこみ上げてきました。時々、娘たちと顔を見合わせて、必死で笑わないようにしていました。

休憩時間に、参加者たちはこの「喝!!」の驚きとその後の微笑ましい瞬間について話し合いました。一人の参加者が、「あの『喝‼』の瞬間、驚いたけれど、後で考えてみると、故人が私たちに何か伝えたかったのかもしれない」と言いました。彼は夫との思い出を語り、夫が冗談好きで楽しいことが好きだったことを私たちは思い出しました。皆が悲しい気分で泣いているより、故人は、笑顔で見送ってほしいと思ったのかもしれないと話すうちに、会場は徐々に明るくなり、悲しみから笑顔に変わりました。参加者たちは故人を偲びつつ、彼の生涯を讃え、楽しい瞬間を共有しました。彼との思い出と共に喜びや笑顔も共有され、その瞬間は和やかで温かいものとなりました。葬儀が悲しみと共に故人を讃える場であり、思い出を共有し、笑顔で別れを告げることの大切さを示す感動的な瞬間でした。

その日から、事ある毎に「喝」と娘たちと言い合って、絶望感や悲しみを断ち切ってきたような気がします。どんなに絶望的なことがあっても、笑うことで救われることがあるのだと心から感じることができました。

chapter 7

疑惑

お葬式が終わり、家に戻ってきました。夫のいない家は、どこか空虚で、自宅とは思えないほど余所余所しい雰囲気で、いつもより広く感じました。何気なくテーブルを見ると、新型コロナウイルスのワクチン接種券が入った封筒が目に入りました。そういえば、夫は亡くなる4日前に2回目のワクチン接種を受けていたことを思い出しました。

「もしかしたら……」

私の中で疑念が渦巻いてきました。私は元々ワクチンには反対で、夫にも何回も「受けないで」と言っていました。さらに以前には「ワクチンを受けて死んだらどうするの？」と言ったことさえありました。しかし、まさか本当に彼が亡くなるなんて……。どこか我が家だけは大丈夫みたいに、他人事に思っていた部分もありました。言霊の重要性を知っていたのに私がそんな風に言っていたから、夫の死を引き寄せてしまったのかもしれないと考えると、絶望的な気持ちに襲われました。

私は居ても立っても居られない気持ちで、その封筒を開けて中身を出すと、「ワクチン副反応コールセンター」という文字が目に飛び込んできました。心臓の鼓動がドクドクと波打つほどの緊張感の中、震える指で書かれた電話番号の数字を一つずつタップしていきました。冷たくあしらわれたらどうしようという不安とは真逆で、コールセンターの方は、とても丁寧に話を聞いてくださいました。

その方のお話によると、夫と同じような状況で亡くなられた方が、県内だけで4名もいらっしゃるという話を伺い、驚きながら、「では、やはりワクチンの副反応ということなのでしょうか?」と尋ねると、「大変申し訳ありませんが、現段階ではワクチンとの関連性は認められてないのです」という答えが返ってきました。

私は怒りと絶望の気持ちが込み上げ、つい口を滑らせました。

「でも、そんなに同じような方が亡くなられるなんて、おかしくないですか?病気を予防するためにワクチンを受けて、死ぬ方がそんなにいるなんて……」

コールセンターの担当者は静かに聞いていましたが、私の感情に寄り添いながら答えました。

「お気持ちお察しいたします。ただ現段階では、関連性が証明されていないため……」

私は怒りに包まれたまま尋ねました。

「もし、あなたの家族がワクチンを受けた後に亡くなられたら、それでも、そんなことが言えるのですか？」

この人を責めても仕方がないと頭では分かっても、怒りをぶつけずにはいられませんでした。納得できないまま電話を切って、しばらくは放心状態でその場から動くことができませんでした。

その日から私は、ＳＮＳやネットニュースなどで、新型コロナワクチンによる副反応や死亡者についての記事を探し、犯人を捜すかのように情報を追っていました。この行動によって、怒り、悲しみ、絶望、虚しさといった感情に私は支配される結果となりました。この頃は、何かに責任を転嫁したいという被害者意識に満ちた状態に陥っていました。

chapter 8

自分を取り戻すための時間

出版が決まった時、一番喜んで応援してくれた夫が2回目のコロナワクチン接種後4日で突然亡くなってしまったことは、私が元々ワクチンに否定的な考えを持っていて、夫にも「ワクチンを受けて死んだらどうするの？」などの言葉を投げかけていたことで引き寄せてしまったのかもしれないと、過去の自分の言葉が頭をよぎり、何度もフラッシュバックしました。言霊の重要性を学んでいたのに、「あの時にあんなことを言わなければ、こんな悪いことは引き寄せられなかったかもしれない」と後悔ばかりしていました。

自分を責め続けることや他人の状況を自分の状況と結びつけることは、現実の理解や回復には役立たず、そんな風に考えても仕方がないことを悩み続けることは、心の癒しや再生を妨げるだけと頭では理解していても、その時の私には、なかなか受け入れられませんでした。せっかく決まった出版の話も保留にしていただき、まずは自分の心を回復させることに専念することにしました。きっとこの最大の危機を乗り越えた後には、より良い作品を書くことができると信じて……。

既に予約が入っていたセッションや講座では、何事もなかったかのように最善を尽くしました。リピーターのお客様からは、「以前よりもさらに心に響く深いセッションだった」と言われ、辛い経験が少なからず役立つこともあるのかなと感じました。他の方の悩みを聞き、自分なりにアドバイスできることの喜びも感じられましたが、お客様に対して夫の死を隠していることがアンフェアだと感じることもありました。それでも、やはり、正直に夫の死について話すことは抵抗があり、難しかったのです。

その後、私は自分自身を取り戻すために時間と空間を必要としました。ＳＮＳ発信や活動には距離を置くことを決めました。夫の死から立ち直るためには、自分自身を傷つけるような負の感情に取り囲まれることは避ける必要がありました。ＳＮＳ上で自分の悲しみや苦悩を発信することは、その感情を増幅させる恐れがあると感じたのです。また、私がいつも楽しいことを発信していたことでフォロワーの皆様に喜びを届けてきたため、彼らに悲しみや絶望を伝えることは自分自身への裏切りにも感じられました。

一方で、内心では誰かに支えを求めたいとも思っていました。しかし、私は自己表現を大切にしているため、他人に頼ることや弱さを見せることに抵抗を感じていました。夫の死を受け入れるためには、この抵抗感を克服する必要があると自覚していましたが、それは簡単なことではありませんでした。

それでも、時々は、自分が食べた食事の写真をアップしていました。それは、夫の死を知っているごく一部の方々に「元気で食べられているよ」ということを伝えるメッセージでもありました。

chapter 9

想像力と創造力の芽生え

黒い幕が突然下ろされたように夫の死が訪れた後、私は外の世界から距離を取り、次々と心に浮かんでくる思い出に身を委ねました。真っ先に思い浮かんだのは、実家の隣家に住んでいた幼なじみの優美ちゃんの笑顔。私たちは二人とも一人っ子同士だったため、幼い頃は姉妹のように過ごしていました。

母親がファッション関係の仕事をしていたことで、優美ちゃんはいつもお洒落なコーディネートをしていました。私は幼いながらに彼女のセンスに魅了され、彼女のアドバイスを受けて、お洒落することの楽しさを知ることができました。二人で遊ぶ時、私たちのお気に入りは、リカちゃん人形やバービー人形などを使った人形遊びでした。私たちは、お互いの人形を持ち寄り、様々なお洒落を楽しんでいました。ドレスアップや髪型のアレンジなど、私たちは自分の想像力を駆使し、楽しさを分かち合いました。

私たちは心ゆくまで人形たちを着飾らせ、未来の自分たちをイメージしながら空想の物語を楽しんでいました。人形たちは私たちの理想を反映しており、夢見る世界を表現していました。私たちの想像力と創造力は、人形たちを通じて無限に広がっていたのです。時には、人形たちに華やかなドレスを着せ、舞踏会の場面を再現したり、別の時にはカウボーイ風の帽子やブーツで冒険の物語を楽しんだりしました。優美ちゃんと過ごす時間は、美を追求する好奇心や想像力を刺激する貴重な時間でした。彼女の影響で、美の深みに触れることができ、私たちの空想をノートに記録することで、自己表現の楽しさを実感しました。

あの頃から、「大人になったら作家になりたい」という考えが芽生えていたのかもしれません。優美ちゃんとの絆を通じて、物語を紡ぐことの喜びや、言葉の真の力に触れました。その後、私は熱心に日記や空想の物語を書き留めるようになり、言葉で自分の感情や感動を形にすることの充実感を味わっていました。

小学生の高学年になると、ティーンのファッション雑誌を一緒に見ながら似合いそうなコーディネートを研究したり、時には、実際に二人でショッピングセンターに繰り出して、小学生のお小遣いでも買えるような洋服や小物をお揃いで購入したりしました。その頃、雑誌の特集で美しい女性ライダーの特集を見て、私たちは彼女たちの格好良さに憧れを抱き、「将来は一緒にバイクの免許を取りたいね」と話し合っていました。

しかし、優美ちゃんが中学生になって部活を始めると、だんだん会う機会が減ってきました。一年遅れて、私が中学生になった時は、優美ちゃんは陸上部の優秀な選手になっていて、朝礼などで何回も表彰されていました。それを知った時には、とても誇らしい気持ちとともに優美ちゃんが遠い存在になってしまった気がして、少し寂しさも感じました。その後、優美ちゃんが、陸上の特待生として、遠方の高校に進学してからは、近所で偶然会うこともなくなり、すっかり疎遠になっていました。

そんな私たちが高校生になって久しぶりに再会したのは、意外な場所でした。

chapter 10

幼なじみの死と臨死体験？

元気で走っているとばかり思っていた優美ちゃんと久しぶりに再会したのは、病院でした。白血病で入院していて、命の危険もあると連絡があった時には「ウソでしょ！　そんなドラマみたいなことあるはずない！」と、信じられない気持ちでいっぱいでした。

ドアを開けて優美ちゃんの姿を見た瞬間に本当だったことを悟りました。薬の副作用か何か分からなかったのですが、今まで見たことがないくらいに顔がパンパンに腫れているだけでなく、顔色がどす黒く変色していたので、当時、高校生だった私にも死期が迫っていることが分かり、何も言葉をかけることができないで、涙が溢れてきました。

「どうして泣くの？　久しぶりに会ったのだから、元気出して。私は大丈夫だからそんなに心配しないで」

と、逆に優しく励ましてくれた優美ちゃんの笑顔には凛とした美しさがあり、ハッとさせられました。そんな優美ちゃんに気が利いた言葉もかけられず、何もできない自分がもどかしく悔しい気持ちでいっぱいでした。

「うん……早く元気になって……」

そう言うのが精一杯で、ボロボロ泣きながら病室を出て自宅に戻りました。それから数時間後に優美ちゃんが亡くなったと連絡がありました。最後に私と会えて良かったと言ってくれたと聞いて号泣しました。本当にショックでした。それ以来、私は食事も喉を通らなくなってしまいました。無理矢理食べても吐いてしまい、体が食べ物を受け付けなくなってしまいました。学校にも優美ちゃんのお葬式にも行けず、約1週間、泣き続けました。何を食べても吐いてしまうし、苦しくて辛かったです。その時は、「いっそ私も死んでしまいたい」とまで思い詰めていました。

そんなある日、不思議な夢を見ました。

美しい花畑を2匹の蝶が楽しそうに一緒に飛んでいました。1匹の蝶は急にスピードを上げて軽やかに舞い上がりましたが、もう1匹の蝶はなかなか追いつけません。私は後者の蝶が自分であるとなんとなく感じました。頑張って追いついても、すぐに引き離されてしまいました。その時、泣きながら追いかけている蝶に向かって、もう1匹の蝶がゆっくりと振り返って

「私は一人でも大丈夫だから、もう心配しないでね」

と、あの時の優美ちゃんのように凛とした美しい笑顔で言って、川の向こうに優雅に飛んで行きました。蝶の私はどう頑張ってもその川は渡れずにもがいているうちに目が覚めました。

「これは夢？　でも、すごくリアルな感覚だったな」と思いながら起き上がると、今まで感じていた身体の怠さや重さがなくなり、不思議とスッキリした気分になっていました。その後、たまたま見たテレビで、臨死体験をした人が蝶の話を語ることもあると聞きました。私の体験が臨死体験だったかは分かりませんが、あの蝶は優美ちゃんで、生きる希望を失った私を励ますために夢に出てきてくれたのに違いないと確信した後、私はどんなに辛いことがあっても生きると決めました。

当時、高校生だった私にとっては、優美ちゃんの早過ぎる死は衝撃的でしたが、多くの学びになりました。優美ちゃんを失った辛い経験も乗り越えることができ、彼女の勇気や強さを学んだ私なら、夫の死のことも時間が経てばきっと乗り越えられるはず。そう思いながら、ふと、夫との出会いも、もしかしたら優美ちゃんが導いてくれた運命的な瞬間だったのかもしれないと、私はぼんやりと考えを巡らせ、当時のことを振り返ってみました。

chapter 11

運命の赤い糸

優美ちゃんの突然の旅立ちは、私の心に深い傷を残しましたが、その一つ一つの瞬間が私の心に深く染み渡りました。優美ちゃんの微笑みや笑い声が、風に揺れる桜の花びらのように、私の記憶に儚く舞い降りるたびに、心が温かい涙で満たされました。彼女の未来に残された夢を胸に、私は彼女のためにも生きることを決意しました。彼女が夢見ていた東京の大学に進学し、その学びの中で彼女の夢を継ぎ、叶えようと思いました。

渋谷のファッションビルの中のショップでアルバイトも始めました。渋谷という街は、青春の躍動に溢れ、若者たちの情熱が交差する場所でした。その中で働くことは、私にとってもまさに新たな冒険への第一歩でした。ショップでの日々は、お客様との会話を通じて、彼らの願いや想いを受け止め、それに応える一方で、自分自身もどんどん成長していくことを感じました。鏡に映る自分の笑顔や、お客様の喜ぶ顔が、素晴らしい喜びであることを、私に教えてくれました。渋谷の風景の中で、優美ちゃんの存在が私を包み込んでいるような感覚がありました。

さらに、優美ちゃんと二人で憧れていたバイクの免許も取ることにしました。私は体力に自信がなく、教習所で中型のバイクを起こすことができず、結局は125ccの小型バイクの免許しか取ることができませんでしたが、青山や表参道などを、ロングヘアをなびかせながら走っていると、自分が都会の女性になったような気分になり、ワクワクしました。

そんな学生生活を満喫していたある日、表参道の一角に駐車していたバイクが突然動かなくなりました。何度エンジンをかけようとしても、何も起こらず、私は途方に暮れていました。その時、一人の青年が心配そうに近づいてきました。

「もしかしたら、バッテリーが上がっているのかもしれません。押しがけしてみましょうか?」と、青年は優しく提案し、私のバイクを丁寧に押しながら走り始めました。

すると、まるで魔法のようにエンジンが復活しました。突然の救世主のような男性の出現に私は感謝の念と驚きが入り混じった気持ちで、お礼をしたいと申し出ました。

「お礼なんて気にしないでください。ただ、もし良かったら、またお会いできたら嬉しいです」

そう言って、その青年は微笑みながら、私に電話番号を教えてくれました。その人が、後に夫になるとはその時は想像もしませんでしたが、私たちはその日から、夜遅くまで電話で情熱的に語り合うようになりました。彼の声は、私の日常に新たなリズムを奏で、毎晩のように夢中で話すことが、私の特別な時間となっていました。私たちは共通の趣味を通じて絆を深め、彼との会話を通じて新しい場所や冒険に心を馳せることができました。彼の手足が長いスリムな体型や中性的な雰囲気、瞳を際立たせる長いまつ毛は、私の美意識を刺激しました。彼との時間は、まるで心の中の冒険への序章であるかのように感じられました。

優美ちゃんとの絆、そして夫との出会いとの絆、それらが私の人生を豊かにしてくれました。過去の喜びや悲しみ、全てが今の私を形成しています。人生は出会いと別れの繰り返しですが、それぞれの瞬間は私たちの成長のためのきっかけとなります。優美ちゃんや夫と過ごした日々は、私の人生に色とりどりの思い出を残してくれました。夫との出会いは、優美ちゃんが結んでくれた運命の赤い糸だったのかもしれません。彼との日々を通して、優美ちゃんの存在がもたらした奇跡に心から感謝しました。そして彼との思い出や私たち家族の軌跡を振り返ることで、夫の亡くなった辛い現実が忘れられる気がしたので、私はタイムトリップしたかのように物思いに耽ることが多くなりました。

chapter 12

運命の選択
正解はどちら？

アルバムに貼られた夫の写真を静かに眺めながら、過去の出来事を思い返していました。あの運命的な出会いから半年後、私はアメリカへのホームステイを決意しました。この決断には、様々な感情が絡み合っていました。初めての海外体験、未知の文化への興奮、そして、せっかく出会った彼との別れ。これから迎える2ヶ月間がどんな冒険になるのか、胸には期待と不安が入り混じっていました。

彼の誕生日がホームステイ中に訪れることを知り、一緒に過ごせない寂しさが心を重くしました。しかし、彼は「一緒にいられないのは残念だけど、せっかくの機会だから楽しんできて」と私を励ましてくれました。出発当日、彼は成田空港まで私を送って、温かい笑顔で見送ってくれました。成田空港に向かう車内では、期待と別れの哀しさが共存していました。彼は私の手をしっかりと握り、言葉にならない感情をハグで表してくれました。そのハグには、愛情、サポート、そして未来への祝福が込められていました。空港では、彼が私を笑顔で見送り、セキュリティーチェックが終わるまで手を振り続けていました。その姿に、私の胸は感謝と切なさで溢れました。

アメリカでのホームステイは、新しい発見ばかりでした。異なる文化や言葉に触れ、新しい環境で日々を送り、数々の驚きや興奮を感じました。その中でも、美しい景色や異文化の魅力に触れたことが、最も印象に残っています。異文化を通じた美の体験は、私の価値観を深め、自己表現の幅を広げました。日本に帰国した後も、その経験は私の中に深く刻まれていました。日本語教師として海外で働く夢が芽生え、実際に大学卒業後の2年間、オーストラリアで日本語教師としての資格試験にも合格しました。亡くなった幼なじみの優美ちゃんと幼い頃に夢見ていたように、海外生活は私たちの憧れでしたが、彼のことや自分の語学力に対する不安があり、その一歩を踏み出すのは難しいことでした。未知の土地での仕事や新しい環境への不安が私の心を揺さぶりました。

ある時、彼の両親から、彼の実家の近くで私たちのために家を新しく建てる計画を知らされました。これは私たちの未来に大きな影響を与える出来事でした。幼い頃から都会や海外に憧れを抱いていた私にとって、福島県での新しい生活は大きな挑戦でしたが、迷いながらも、私は彼との結婚を選び、彼の家族の支えや地元の人々の温かさに触れながら、新しい生活に慣れていきました。

しかし、その選択が本当に正しかったのか、未来や自分自身への不安は常に心に残っていました。彼に結婚生活を強要されたわけではないのに、この時、思い切って海外で仕事をしていたら……という思いが、ことあるごとに頭をよぎっていたような気がします。あの時、彼と結婚しなかったら、彼はこんなに早く亡くなっていなかったかもしれません。でも、結婚していなかったら、二人の娘たちは存在していなかったでしょう。

「あれもこれも全部、何かの意味があるのかもしれない」と考えながら、私は娘たちが生まれた日を思い返すことにしました。どちらの娘たちの出産時にも命の尊さを感じるようなドラマティックな出来事がありました。

chapter 13

初めての妊娠と出産

「最高のクリスマスプレゼントだね」

結婚して初めてのクリスマスイブ、私たち夫婦にとっては特別な瞬間でした。その日、私たちは長女を妊娠していることを知りました。夫の声は喜びに溢れていて、その笑顔は私の心を満たしました。ツーシーターのオープンカーを手に入れ、数年間は、夫婦二人きりの楽しい時を過ごす予定でしたが、夫の幸せそうな表情が私にとっての至福の瞬間でした。初めての妊娠、分からないことばかりでしたが、私は母親としての使命感を感じ、妊娠や出産に関する知識を深めることに決めました。胎教の方法を学び、お腹の中の赤ちゃんに話しかけたり、絵本を読み聞かせたりすることが日課になりました。この日から私たちは、家族が一人増えるという実感を持ちながら過ごすことにしました。

妊娠初期はつわりに苦しむ日々で、家事もままならないことがありましたが、夫はいつも優しく、会社から帰宅すると積極的に家事を手伝うなどサポートしてくれました。その支えがあったからこそ、私は辛い状況を乗り越えることができました。私たちはまだ若く、学生気分も抜けきらない頃でしたが、お腹の中に新しい命が宿ることで、夫婦としての絆がより深まっていくのを感じました。体調の悪い日々もありましたが、それでも赤ちゃんの誕生を楽しみにしていました。赤ちゃんにとって良いと言われることは、できる限り、すぐに試してみたり、育児用品を準備したりしました。そして出産予定の日がやってきましたが、陣痛の兆候は現れませんでした。焦りが募りました。

ある日、突然の出来事が私を襲いました。生温かい液体が、まるでダムが決壊したような感覚とともに、バシャッと床に広がっていきました。その瞬間、私は混乱し、不安と興奮が胸に広がりました。現実との繋がりが一瞬にして断たれ、私は未知の領域に足を踏み入れたような感覚を味わいました。

「これって、破水なのかしら?」。先に破水が起こると、赤ちゃんに危険が及ぶかもしれないと聞いたことを思い出し、焦りが心をよぎりました。しかし、その瞬間の興奮と恐れが、私の行動力を引き起こしました。私はためらわずに病院へ向かうことを決意しました。足早に病院の扉をくぐり、待合室に入ると、病院の匂いと白い輝きが私を包み込みました。

診察室に案内され、医師の目配りのもと、すぐに診察が始まりました。初めての出産という未知の舞台に立つ私は、自分の心拍が耳に聞こえるような気がしました。不安と期待が交差し、私の内側で葛藤が続いていました。

医師の説明を聞き、私は入院することになりました。白い清潔なシーツが広がるベッドに横たわると、私は未来の出来事に胸が高鳴るのを感じました。何が起こるのか、どんな瞬間が私を待ち受けているのか。初めての出産という未知の旅路が、私を魅了しましたが、同時に不安も深まっていました。未知の舞台に足を踏み入れる勇気を持ちながら、私は次なる瞬間を待ちわびました。

病院の中は静寂に包まれ、薄暗い照明が落ち着いた雰囲気を醸し出していました。看護師たちは温かな微笑みで私を見守りながら、優しく声をかけてくれました。しかし、私の心は不安と緊張で高鳴り、眠ることなど到底できる状態ではありませんでした。その中で、夫の存在が私を支えてくれました。彼は私の手をしっかりと握りしめ、安心感を伝えるように微笑んでくれました。その優しい眼差しは、私に勇気と安堵を与えてくれました。

時間が過ぎるにつれ、陣痛は予想よりも緩やかになっていました。医師たちは点滴と陣痛促進剤を導入することを提案してきました。陣痛促進剤が注入された瞬間、激しい吐き気が私を襲いました。まるで頭上から重い雲が降り注ぐように、鋭い頭痛が私の頭を貫通しました。息苦しさが胸を締め付け、身体中が痛みに包まれていきました。陣痛は突然激しさを増し、私の体を締め付けるような感覚が広がっていきました。まるで背中から引き締められるような痛みが、腰から全身に広がっていくのが分かりました。苦しさに耐えるたびに、胃の奥から不安な気持ちが湧き上がり、何度も吐き気を催すことになりました。息をすることすら難しく、私の世界は痙攣と痛みの中で混沌としていきました。医師や看護師たちの忙しさが目に映り、異変を感じることができました。しかし、私はその時点で何が起こっているのかを理解する余裕はありませんでした。

後に聞いた話によれば、陣痛促進剤の効果が強すぎて、私は命を危険にさらしていたそうです。その瞬間の私は、人生でこれまでに味わったことのない苦痛に耐えながら、自身の存在すらも忘れてしまっていました。自分がどこにいるのか、何が起こっているのか、その瞬間の現実が完全に私の意識から奪われていました。命の脆さとその一瞬一瞬の尊さを感じつつ、私は不安と緊張に押し潰されそうな気持ちと向き合っていました。

激しい吐き気が私を襲い、喉元に迫る息苦しい痛みに耐える中、心の奥底から強い感情が湧き上がってきました。

「私はどうなってもかまわない、ただこの小さな命だけは守りたい」

その瞬間、自己の苦しさを超越して、新たな命が芽吹くことの奇跡的な喜びを感じました。母としての情熱が、無数の輝く星のように心を埋め尽くし、美しい花が開くような感覚が胸に広がりました。この瞬間、母性の力強さと美しさが私を包み込みました。吐き気がやや治まり、徐々に呼吸が楽になっていくのを感じました。

「お腹の中の小さな赤ちゃんも、あなたと同じくらい一生懸命頑張っています。もう少しの辛抱ですよ」

助産師さんの温かな声が私の耳に響きました。深呼吸し、緊張した腹筋を力強く使って、赤ちゃんを少しずつ押し出すように努力しました。最初は一筋の希望も見えませんでしたが、何度も繰り返すうちに、赤ちゃんの頭が見えてきました。その小さな存在が、私に力を与えてくれました。

「おめでとうございます！」

という祝福の言葉と、長女の力強い泣き声が、部屋中に響き渡りました。その瞬間、私の涙が溢れ出し、感動と幸福が胸いっぱいに広がりました。出産の痛みは遠ざかり、目の前の奇跡に対する深い感謝の気持ちが私を包み込みました。この初めての出産を通じて、私は母親の美学とも言えるものに触れたような気がしました。苦難を乗り越えて新たな命を迎える幸福と、その瞬間一瞬の奇跡の美しさに敬意を抱き、内なる力と母性の深さを再認識しました。未知の旅路に踏み出す覚悟が、心の中で確かに芽生えていました。

chapter 14

生と死の交差点

「初めての出産は、死ぬほど大変だったけれど、2人目は、本当に楽だったな〜。いよいよ今日から家族4人での生活が始まるね」

次女を出産して退院する日の早朝、授乳しながら次女に話しかけていると、病院に救急車が入ってくるのが見えました。

「こんな早朝から運ばれてくる人もいるなんて……」

心がざわめく感じがしつつ、授乳を終えて病室に向かう途中で、何故か義父の姿を発見しました。

「お義父さん。こんな朝早くからどうしたのですか？」

「……実は、達也が、血を吐いて、さっき救急車で運ばれて、この病院に入院したんだよ」

「え？　まさか、さっきの救急車が……」

その言葉を聞いた瞬間、私は慌てて夫の部屋に走りました。そこには病室のベッドで苦しそうに横たわる夫がいました。夫の顔は青白く生気を失ったように見えました。私の中には恐怖と無力感が広がり、どうしてこんなことが起きてしまったのだろうという疑問が頭をよぎりました。夫は苦しそうに呼吸しながら言いました。

「ごめん。ママが入院してから、ずっと仕事が忙しくて、リー（長女）もなかなか寝ない日が続いて睡眠不足だったせいかな？　胃が凄く痛くなって、気付いたら血を吐いていたんだ。ママの退院の日にこんなことになるなんて、申し訳ない」

長女の出産の際は、私の命が危機にさらされました。死という闇が私の身近に忍び寄り、その瞬間には生と死の境界が曖昧に交錯しているような感覚が広がりました。そして、次女の誕生が祝福される中、私が退院する日には、まさにその時に夫の命が危険にさらされているのです。このような試練は、運命が私たちの家族にドラマティックな展開を与えているかのように感じられました。生命の脆さと脅威が一瞬にして現実の中に顕れ、まるで美しくも壮絶な映画のワンシーンを目の前で目撃しているような不思議な感覚が私を包み込みました。

大量吐血の原因は、ストレスからの胃潰瘍だったようでしたが、その症状は深刻で手術が必要とされました。夫は手術前に輸血が必要と告げられました。私は、看護師が輸血の管を夫の腕に手際良く接続していく様子を、祈るような気持ちで見守るのが精一杯でした。

「もし、万一の事があったら、生まれたばかりの次女や、来月幼稚園に入園する予定の長女はどうなるのだろう？」と考えただけで、恐ろしくて震えが止まりませんでした。そんな私に夫は優しく微笑みかけて言いました。

「大丈夫、ママや子供たちのためにも絶対に死なないから……」

夫が手術室に消えていく姿を見ながら、彼が二児の父親として成長し、内なる力がより強くなった男の美学のようなものを感じました。夫が瀕死の状態にもかかわらず、家族を思いやる姿に感動し、私自身も立ち向かわなければならないと強く気付かされました。

その後、私自身の退院とともに、急に新生児の世話や幼稚園入園の準備などで一気に忙しくなり、戸惑いもありましたが、病院に行くたびに少しずつ夫が回復していく姿が私に勇気を与え、なんとか乗り切ることができました。夫の退院後、家族4人で初めて近所の公園に行った時、あの1ヶ月間の不安や恐怖から解放され、家族で笑い合える幸せを感じました。特別なことは何もなくても、ただ生きているだけ、一緒にいられるだけで至福の時だと思えたのです。それなのに日常生活が戻ってくると、驚くほど当たり前になり、不平不満が出てしまったことを今でも反省しています。過去の経験を振り返りながら、感謝の気持ちを忘れず、日々の幸せを見つめることの大切さを痛感しています。

この時は、我が家にこれ以上の衝撃的な出来事が起こるとは思いもしませんでしたが、それから運命に翻弄されるように、私の予想を遥かに超えるような出来事が次々に起こりました。その過程で、私たちの家族は様々な試練に立ち向かわなければなりませんでした。時には健康上の問題、時には経済的な困難、そして時には人生の選択についての難しい決断を迫られました。しかし、これらの試練を通じて、私たちは一層結束し、強く結びつきました。そして、これらの経験から、私たちは感謝の気持ちを忘れず、逆境を乗り越えるたびに内なる美を見出すことができることを学びました。運命が私たちに挑戦をもたらすたびに、私たちはそれを受け入れ、前向きに進む力を見つけ出せたのかもしれません。

今回の夫の突然の死は、本当に衝撃的でしたが、もし、次女が生まれたばかりの時に夫が亡くなっていたら、事態はさらに深刻だったでしょう。娘たちが、それぞれ働き始めるまで、家族を支えてくれた夫に改めて感謝をしながら、その後の回想をぼんやりと続けました。

chapter 15

成績優秀だった長女の変化

アルバムのページをめくりながら、二人の娘たちが徐々に成長していく姿を微笑ましく眺めているうちに、成績優秀だった長女が思春期に差しかかり、変わり始め、家族関係がこじれてしまった頃を思い出しました。今から振り返ると、私が子供の頃からの夢を果たせなかったことから、無意識のうちに長女に多くの期待を押し付けていたのかもしれません。

長女は小児喘息が酷かったため、幼い頃からかかりつけの小児科の女性医師に憧れ、「将来はお医者さんになりたい」と、よく口にしていました。私は初めての子育てで、どんなことでもサポートしてあげたいという気持ちから、胎教や幼児教育などに熱心に取り組んできました。そのおかげで、長女はどこに行っても褒められるほど優秀な子供に成長しました。彼女の夢を叶えてあげたいという気持ちから、私は教育に情熱を傾け、今からは想像できないような教育ママでした。

その根底には、私が学生時代に自分の夢を諦めた経験からくる想いもありました。かつて、自信に乏しく、海外で日本語教師になるという夢を諦め、結婚を選んだ過去がありました。その選択が正しかったのか、いつも疑問を抱いていました。その経験から、長女にはどんな夢でも叶えられる実力を身につけてほしく、それをサポートするのが母親としての美学だと信じ込んでいたのです。

テストの点数も100点が当たり前のようになっており、90点以上でも「どうして、こんな簡単なところで間違えたの?」と責めてしまうこともありました。一方、4学年下の次女は3月生まれということもあり、同学年の子たちと比べても幼く、学校に行くだけでも褒めていたため、今考えてみると、長女には申し訳ないことをしていたと感じています。その時は善かれと思って、たくさんの習い事もさせていましたが、本人の負担はかなり大きかったと思います。それでも、私の期待に応えて、小学生の頃には高校生の問題を解けるほどの学力を身につけ、習い事でも部活でも優秀な成績を収めていた長女でした。

ところが、中学2年生になって、急に付き合う友達が変わったようです。以前は、真面目で頑張り屋さんの友達が多かったのに、そのような友達とは疎遠になり、今までとは違う派手なタイプの子たちのグループに入るようになりました。そのグループの子たちも、勉強よりも遊びや恋愛に興味を持ち、校則を破ったり、問題行動に走ったりすることもあり、学校から何回も呼び出しを受けるようになりました。長女は、自分の将来に対する不安やプレッシャーも感じていたようです。

私や周りの期待に応えようと、過剰に負担を感じていたのかもしれません。そのプレッシャーを新しい友人たちとの遊びやSNSでの交流で発散していたのかもしれません。

私たち夫婦は、長女と話し合いを重ね、一緒に原因を探り、解決策を模索するようになりました。長女の趣味や関心を引き出すための旅行に連れて行き、新しい環境を提供するなどの支援をしました。少しずつですが、良い方向に向かっているような気がしました。一時期、長女は高校に進学しないと言っていましたが、最終的には私たち夫婦が希望した地元で一番の進学校の特進科を受験することになりました。本人曰く、かなり手抜きしたそうですが、優秀な成績で合格できたようで、入学式の際にはスピーチの依頼もありました。

高校では、校則で髪を染めることが禁止されていましたが、長女は金髪にして黒髪のカツラを被って登校するという異色の存在でした。それでも、彼女の成績は相変わらず優秀だったため、先生たちからも黙認されていたようです。私自身は、普段は黒髪で、遊びに行く時だけ金髪のカツラを被れば良いのではないかと思っていましたが、長女にとって、それは美意識に反することだったようです。実は、私も自分が高校生の頃に髪の色を変えることがお洒落だと思っていた時期がありました。そのため、彼女の個性を尊重し、受け入れたことにより、長女との会話も以前のように弾むようになりました。

特進科の生徒だけが参加できる東大を見学する学校行事に参加した後、長女が「東大生も真面目な人ばかりじゃなくて、お洒落な人や面白い人もたくさんいるんだね」と楽しそうに話すのを見て、当時、『ドラゴン桜』という劣等生が東大に合格するドラマが流行っていた影響もあり、

「リーなら今から頑張れば、東大も入れるかもしれないね。そしたら、ママが本に書くから、もしかしたら、ドラマ化されちゃうかもね（笑）」

「あ、それいいかも♪　面白そう」と、一緒に楽しく妄想話を広げていくことができました。どんな状況の時でも相手に共感し、ユーモアを持つ余裕があると、人間関係が円滑になることもあります。

しかし、その状態は長くは続きませんでした。私は毎日、長女の行動に一喜一憂し、心配ばかりして過ごしました。しかしながら、実は「心配するのは呪うことと同じ」という言葉をご存じでしょうか？　当時の私は、まだそのことについて理解が及んでいませんでした。ただただ心配し続けていましたが、その行動が逆に長女に余計なプレッシャーをかけて負担になってしまっていたのかもしれません。私はぼんやりと回想を続けました。

chapter 16

ブログ発信と引き寄せとの出会い

私が長女のことで心を痛めていた時、ささやかな楽しみはブログの更新でした。初めは自分の趣味、例えば旅行やグルメについての記事を中心に書いていました。しかし、ある日、長女についての投稿が大きな反響を呼び、私と同じ悩みを抱える多くの親たちがいることに驚きました。私がずっと抱えてきた孤独や不安に、多くの家族も共感していたのです。

この気づきは私にとって大きな励みとなりました。同じ悩みを持つ親たちとの交流が増え、コミュニティのような絆が生まれ、お互いの経験や悩みを共有しながら支え合いました。ブログを通じてできた新しい友人たちも増え、毎回の更新が一層楽しみになりました。ですが、ブログの人気をさらに伸ばしたくなり、家族の問題や自分の不運を強調して書くようになったことが、家族関係の悪化を引き起こしました。特に夫と長女の間の関係が最も緊張し、事態は長女が家出するほどに悪化しました。加えて、私も体調を崩し、交通事故に巻き込まれるなどの不運が重なり、ブログを更新する気力まで失ってしまいました。

途方に暮れていたある日、近所の手相のイベントを知り、参加しました。「あなたの実現したい夢はありますか？」という質問をされ、私は戸惑いながら答えました。

「学生時代は海外で働くのが夢でしたが、語学力に自信がなく諦めました。それと、いつか自分の本を出版できたらいいなと子供の頃から思っていました。ただ、今さら考えても仕方ないですけどね」

自分の口から「出版」という言葉が出るのは予想外で、少し照れくさい気持ちになりながら手を差し出しました。手相の先生は静かに私の手を見つめ、深く考え込みました。そして、微笑みながら言いました。

「文章を書くのもあなたに向いています。チャンスが来れば、出版も可能です」

「本当ですか？　でも、単なる主婦の私には……」と自信のなさを感じましたが、先生は優しく微笑みました。

「『引き寄せ』の法則をご存じですか？」と問われ、「言葉自体は知っていますが、詳細は知りません」と答えました。手相の先生は、本を1冊手にとり、私に手渡しました。

その本は、奥平亜美衣さん著の『引き寄せの教科書』でした。

「自分の書いた本を出したいという夢は、私にとって大それた夢でした」という一文から始まるこの本は、私の心に深く響きました。その本を読みふけり、『引き寄せ』の思考法を取り入れるようになりました。

当時は、まさかこの本の編集者の出版企画に応募することになるとは想像もしていませんでしたが、この本に出会ってから、多くのことを引き寄せるようになりました。ネガティブな考えが現実を引き寄せることに気づき、意識を変えることで良い出来事が次々と起こるようになりました。『引き寄せ』の実践により、混雑するショッピングセンターでも最適な駐車スペースが見つかったり、好きなショップに入るとたまたまタイムセールが始まったりと、日常生活での幸運が増えました。それに伴い、家族との外出時に「ママと一緒だと、良いことが起きるね」と言われるようになり、かつての家族間の摩擦も少しずつ改善されてきました。スピリチュアルに懐疑的だった私も、ただ意識を変えるだけで、これほど現実が変わるとは驚きました。しかしながら、これはただの序章に過ぎませんでした。私は後に経験するさらなる不思議な出来事を振り返り、思いを馳せました。

chapter 17

「口角を上げる」で検索して引き寄せた遠隔セッション

元々、スピリチュアルなことには興味がなく、怪しいとさえ感じていた私でしたが、『引き寄せ』の概念を日常に取り入れてから数ヶ月が経ったある日、ネットで「口角を上げる」と検索した結果、「遠隔で身体を調整する」という興味深いセッションに出会いました。さらに驚いたのは、このセッションの技術を1日の講座で学べるということでした。

「え、遠隔で身体を調整？　なんか怪しいな……」と思いつつ、好奇心が抑えられず、とりあえず、そのセッションを試しに自分でも受けてみることにしました。早速、申し込みと入金を済ませ、どんなことが起こるのだろうと半信半疑で待ちました。セッションは電話で行われることになっていて、予約時間通りに電話がかかってきました。そして、電話を通じて、初めに私の身体の状態を確認するセッションが行われました。目の前にいるわけでもないのに、「右肩に違和感がある」とか、「歩き方に特徴がある」といったことを正確に言い当てられ、驚きました。続いて、リラックスして仰向けになるよう指示され、しばらくの間、電話を切って待つように言われました。その間、遠隔での調整が行われているのだと思います。実際、その時間に体が温かくなったり、眠気を感じたりしました。約15分後、再度電話がかかってきて、身体の変化を確認するセッションが行われ、その結果、全体的に身体のバランスが改善されていることを実感しました。

気になっていた1日講座について尋ねると、講座は、東京で長女が一人暮らしを始めたマンションから比較的近い場所で開催されるとのことだったので、長女の様子を見に行くついでに受講する絶好の機会だと感じました。そのため、講座の前後の日には長女の部屋に泊まることにして、久しぶりに長女と会うことを楽しみにしていました。

ところが、その翌々日、長女から高熱を出したという連絡が入りました。その頃の長女は紆余曲折を経て看護師になる道を選び、東京の学校の看護科に通学していました。しかし、実習中で１日でも休むと留年のリスクがあったのです。私は大変心配し、すぐに新幹線で東京の長女のもとへと向かいました。苦しむ長女を近隣の病院に連れて行くと、大きな病院への紹介状をもらったため、タクシーを呼ぼうとしましたが、配車ができないとの回答があり、長女の具合がどんどん悪くなりました。そのため、１１９番に連絡し、救急車で搬送してもらうこととなりました。

病院での検査の結果、特に大きな問題は見当たらず、座薬で熱が下がり元気を取り戻したので、私は翌日、福島の自宅に帰宅しました。しかし、3連休の最終日に再び発熱し、解熱剤や座薬でも熱が下がらない状態でした。「あの時、東京に残っていれば良かった」と思いながら、再び新幹線で東京へと急行しました。

高熱に苦しむ長女を見ると、私まで胸が締め付けられ、どう手を差し伸べれば良いのかが分からなくなりました。幼い頃から彼女に対して高い期待を抱き続け、一時期、それが彼女を苦しめていたこともありました。しかし、この時ばかりは、ただ生きていてくれるだけで充分、と心から感じました。長女がこれから実習に行くことがほぼ不可能な状況だと理解しつつも、何とか彼女が楽になれるようにと、マッサージをしてみました。明け方、長女が「少し楽になった」と言いました。

熱を測ると、先ほどまでの39度以上あった熱が、驚くことに36度台へと下がっていました。「実習にも行けそうな気がしてきた」と彼女が言い出した時、一瞬安心したものの、無理はさせたくなかったです。でも、留年を避けるためには行かなければならないと思い、私は着替えを手伝い、途中まで送りました。「あとは大丈夫だから」と彼女は一人で電車とバスを乗り継ぎ、1時間以上かかる実習先に向かって行きました。

私が長女の部屋に戻り、無事を祈りつつ心配しながらブログを読んでいると、「心配するのは呪うのと同じこと。心配するより大丈夫と信じることが大切」というフレーズが目に留まりました。他の記事も読むうち、私はこれまでの子育てを反省し、「こんなに高熱があったのに、遠くの実習先まで行く長女は本当に素晴らしい」と、素直に感じました。すると、その瞬間、「午前中、何とか乗り切れたよ」と長女からのメッセージが届き、不思議と心が通じ合っているようで嬉しかったです。

chapter 18

怪しいと思った遠隔セッションで原因不明の症状が奇跡的に回復

安堵したのも束の間、再び「寒気がしてきた」との連絡がありました。このような時、私は「遠隔のセッションを試してみれば、身体の調子がよくなるかも」と考え、先日セッションを受けた先生に事情を伝えることにしました。急なお願いにもかかわらず、先生は快く受け入れてくださりました。

帰宅した長女はふらふらとしており、顔色も悪く、体温は再び37度台に上がっていました。このままだと翌日の実習に出るのは厳しいだろうと感じました。遠隔セッションのことを長女に提案すると、彼女は少し戸惑っていました。

「そんなもの、怪しいと思うから。受けたくない。病院に行っても原因が分からないし、薬を飲んでも改善しないのに、そんなもので本当に効果があるの？」と、長女は半信半疑の様子でした。長女の意見ももっともだと思いましたが、一方で彼女の辛さを思うと、一度くらい試してみる価値はあるのではないかと思いました。

「確かに遠隔なんて怪しいよね？……ママだって信じられなかったもの。でも、この間、受けたら、本当に身体が軽くなったし、翌日に大量の宿便みたいのが出て、身体中の悪い物が抜けていった感じだったよ。だから、一回は試してみても良いと思う」

少し大袈裟に言ってみた私の熱意が伝わったのか、

「そうなの？　そこまで言うなら一回くらい試してもいいけれど、きっと無駄だと思うよ」

あまり気が進まなそうでしたが、とりあえず、長女の承諾が得られたので、すぐに先生に連絡して遠隔のセッションをお願いすることにしました。

前回と同じように電話がかかってきたので、スピーカーにして、長女と一緒に先生とやりとりをすることにしました。まずは、指示通りに長女に色々な動きをしてもらい、先生に長女の身体の様子をチェックしていただきます。長女は見るからに怠そうで、一つ一つの動きが緩慢でやる気もなさそうで、渋々やっている感じが伝わってきました。先生は、長女の動きを観察しながら、細かく指示をして、長女の身体の状態を私たちに伝えてくれました。

「大切なのは、今、私が言っていることが、当たっているか当たっていないかではなく、これから調整した後にどのように身体の状態が変化するかを感じることです。それでは、これから調整していくので、一旦失礼します。また電話をするまでリラックスしてお待ちくださいね」

そう言われると、長女はベッドに仰向けになりました。彼女は目を閉じ、深呼吸をしながら身体をリラックスさせている様子でした。私もそばに座り、静かな環境を作り、あまり考えすぎないようにボーッとした状態で過ごしました。

しばらくして、電話が再び鳴りました。スピーカーをオンにして、先生と再び繋がりました。

「調整が完了しました。また先程の観察をしたいので、長女ちゃん、ゆっくり起き上がれますか？」

長女は目を開け、ゆっくりと起き上がりました。顔の疲れが取れ、輝きが戻っているように見えました。先生は、長女に調整前と同じ動きを指示しました。驚いたことに、長女はテキパキと動き、まるで別人のようでした。

「凄いね！　さっきまでの怠さが嘘みたいに消えちゃった」

電話を切った途端に長女が課題をやり始めたのには驚きました。

「これ、明日までに提出しなくちゃいけないの。体調悪すぎて無理だと思ってたけれど、今は身体が軽くなったからやっていけそう。やっぱりセッションを受けてみて良かったよ。ありがとう」

この出来事を通して、怪しいと思っていた遠隔セッションを私も長女も信じざるを得なくなりました。でも、劇的に変化したのは長女の体調だけではなかったのです。

chapter 19

不思議な共鳴

その翌朝、長女はさらに元気になっていましたが、トイレに行ったら血尿らしきものが出たそうです。普段なら「血尿」なんて聞いただけで不安になり、すぐに病院に連れて行こうとしたでしょうが、何故か今回は「身体の中の悪い物が排出されたのかもね」と言って、冷静に長女を見送ることができました。内定も決まっていたのに、もし、あのまま熱が下がらずに実習ができなくて、留年になっていたかもしれないと考えると、まだ安心できる状況ではなく、普段なら心配で気が狂いそうになる私が、こんな風に楽観的に思えるなんて、自分でも信じられませんでした。

……というのは、当時の長女は、看護科の最終学年で、希望の職場に内定も決まり、実習&国家試験の準備だけでも充分に忙しかったハズなのですが、もう一つ、全く別のジャンル……六本木の人気クラブでのＤＪという顔も持っていたのです。親としては、看護師になることが決まったのだから、ＤＪはそろそろ引退してほしいと思っていたのですが、本人曰く「異例の出世で、人気クラブのいい時間帯にＤＪをさせてもらっている」そうで、なかなか辞められないし、辞めたくもないと言っていました。高熱を出していた時も「ＤＪには行く！」と言い張っていて、いくら私が無理だと言っても「そんなに簡単に休める世界じゃないから」と言っていた長女の言葉には、なんとも言えない情熱が込められていました。

さすがに救急車で運ばれたと言ったら休ませてもらえ、奇跡的な出来事の連続で、平熱に戻り、なんとか実習に行くことができたのですが、金曜日に学校から帰ってくると、ぐったりと寝込んでしまいました。普段の私なら「また次の実習が月曜日からあるのだから、週末くらいは家でゆっくり休んでいなさい！」と怒るところなのですが、今回の一件で、心境の変化もあり、どんなに止めても行くのは分かっていたので、とにかく長女の体調が楽になることをイメージしていました。

突然、私の身体が非常にだるくなり、重く感じ、起き上がることもままならないほどに辛くなりました。これまでに経験したことのないような圧迫感が身体中に広がり、歯のかみ合わせや関節が移動しているような違和感を覚えました。もしかしたら、遠隔セッションを受けた影響で、長女の身体の怠さを感じ取っていたのかもしれません。私の心と彼女の心が繋がり、何かしらのエネルギーが交流したのかもしれません。

遠隔セッションを受けた時、長女はとにかく疲れが溜まっていて、それが原因不明の高熱の元になったのかもしれないと言われましたが、「確かに、普通は看護学校だけでも大変なのにＤＪと両立しようとしていたら、これだけ疲れていても仕方がないよね」と自分の感覚に戸惑いながらも、長女の体調を思いやる気持ちで包み込もうとした途端に

「何だか急に身体が軽くなって楽になったみたい」

と長女は急に起き上がって、出かける準備を始めました。看護学校に行く時のすっぴんから、バッチリとメイクし、服も清楚系からクール系に着替えた姿はまさに二つの顔を持つ女でした。パソコンでＤＪの時に流す音楽を編集している様子は、さっきまでの生気がない顔とは別人でイキイキしていました。その姿を見て、私は、この重だるい感じは、長女の身代わりだと確信しました。それなら、私が代わりに寝ていればいいだけだと思い、クラブに行く長女を快く見送ることが

できました。長女が日頃頑張っていたので、先週末に休んだのが余程体調が悪かったのだと、クラブの皆さんも気を遣って労わってくださり、早目に帰宅できました。そのおかげで、次の週からの実習も無事に乗り切ることができました。

この出来事を通じて、私は母親としての役割がただ単に言葉で注意するだけではなく、心の繋がりやエネルギーの交流によって支えることもできることを学びました。また私自身も次々に起こる不思議な現象を体験して、今まで自分には無縁だと思っていたスピリチュアルな領域にも興味を持つようになりました。

そして、この出来事を通して得た学びと経験を、自分と同じように子供の心配ばかりしている親たちにも伝えたいという思いが、どこからともなく湧き上がってきました。

「今回の体験、いつか本にできたらいいな」

ふと呟いた私に長女は興味津々に尋ねました。

「その本には私も登場するの？」

「うん、『ＤＪと看護師の二つの顔を持つ女』として登場させるわ（笑）」

「何それ？（笑）面白そう！」

「でしょう？ 本はベストセラーになって、ドラマ化、映画化もされちゃうの（笑）」

「ウケる（笑）。で、配役はどうする？」

意外にも長女が話に乗ってきてくれたので、話が盛り上がり、登場キャラクターの配役やストーリーについて語り合いました。私の心配のあまり長女をコントロールしようという気持ちが、楽しく応援しようという気持ちに１８０度変わったことで、今までの確執が解消され、心から信頼し合えるようになったと感じました。当時、本を出版することは夢のように感じていました。しかし、その後の学びや経験を経て、実際に出版する道が開けるようになりました。このエピソードを含め、多くの学びや経験を綴ろうとしていた矢先に、夫が突然亡くなってしまいました。その衝撃で、出版計画は一時保留としていただきました。しかし、このエピソードを思い返しながら、出版を最も応援してくれていた夫のために、再び出版の夢を追い求める気持ちが湧き上がってきました。

chapter 20

状況や立場によって、人は被害者にも加害者にもなる

夫が亡くなった後も、彼が常に私の執筆活動を応援してくれていたことを思い出し、再び筆を執ろうと決心しました。しかし、実際に書き始めると、まとまった考えが浮かばない日々が続きました。夫の急な死から数ヶ月が経っても、私は深い喪失感から逃れることができませんでした。そんな中、自分が生きているのか、それとも違うのかさえ分からない混乱した気持ちになりました。自ら命を絶とうとは思わなかったものの、運転中に気を取られ、何度か危険な状況になったこともありました。そんな時、過去の煽り運転の体験がよみがえり、胸が苦しくなりました。その出来事がなければ、スピードを出し過ぎて、私も事故を起こしていた可能性があるとの意見も耳にしましたが、日常の中で夫との思い出や他の家族の幸せな姿を目の当たりにするたび、胸が締め付けられる思いでした。

そんな中、ある秘境の温泉地でリトリートが開催されることを知り、なんとなく心惹かれて参加してみました。心地よい波動が広がり、美味しい食べ物や飲み物に囲まれながら、温泉に浸かる時間は私にとって心身のリフレッシュにぴったりの場所でした。参加者は初対面の方ばかりだったので、誰も私のことを知らないと思うと、なんとなく気楽に過ごせたというのもあり、久しぶりに楽しめました。

参加者の中でも、特に隣にいた男性との出会いが私にとって意義深いものになりました。私たちは自然に会話が弾み、話し込むうちに彼が以前、煽り運転の加害者として報道されたことがあることを話し始めました。彼がどうしてその話を私にしてきたのか驚きつつも、興味津々で彼の話に耳を傾けました。

男性は告白しました。被害者の方が無謀な運転をしてきたため、ついカッとなって危険な行動に出てしまったことを深く後悔していると。報道されたことで社会的な信用を失い様々な困難と向き合わなければならなかったことも明かしてくれました。私は心情を察し、彼の胸中にある複雑な思いに共感を抱きました。私は彼に、自分も煽り運転に遭ったことは話すことができませんでしたが、この出来事を通じて、状況や立場によって、人は被害者にも加害者にもなり得ることを痛感しました。この男性の話を聞くことで、加害者とされる側の苦悩や反省の念にも触れ、人間関係や社会の複雑さについて深く考える機会になりました。

男性との対話からは、人が過ちを犯すこともあることを改めて実感しました。彼の反省と後悔の姿勢から、人は過去の行動や選択に責任を持ち、成長することができるのだと感じました。同時に私自身も夫の突然の死と煽り運転に遭った経験から、人を傷つけることの重大さと自己反省の重要性を学びました。夫が突然死した連絡を受けて高速道路を走っていた時は、被害者意識でいっぱいでしたが、あの時、一歩間違えていたら、私自身が加害者になっていたのかもしれないと考えると、恐ろしくなりました。どんな時でも被害者でも加害者でもなく、フラットな意識を持てるようになりたいと改めて感じました。

リトリートで出会った参加者たちとの交流も貴重な時間でした。初対面の人々と自由に話し合い、お互いの心の内を理解し合うことで、私は成長することができた気がします。リトリートを通じて得た新たな気力と勇気は、私が夫の死という悲しみと向き合い、前進するためのエネルギーとなりました。

chapter 21

ハワイのお葬式の祝福と新たな希望の光

リトリートから帰宅後、偶然にもハワイのお葬式についての情報を得る機会がありました。その儀式が死者の生まれ変わりを祝福するものであると知った瞬間、私の心に一筋の光が差し込みました。それは、失ったものへの悲しみや哀しみを超え、再び希望と喜びを見出す手助けとなりました。この知識は、私にとって、人生の喪失や終わりが必ずしも終わりではなく、新たな始まりや成長の機会を意味することを教えてくれました。夫の死が単なる終わりではなく、彼の魂が新たな旅に出て成長し続けていることを信じさせてくれました。彼の存在は私の心の中で生き続け、彼の魂が新たな経験や学びを得ることを喜びとして受け入れることができるようになりました。

その年の大晦日、私は二人の娘たちと共に福島県のスパリゾートハワイアンズで年越しをしました。南国ムードが溢れる中、フラダンスやファイヤーナイフダンスの迫力のあるショーを鑑賞していると、ハワイのお葬式の意味を改めて感じることができ、そのショーが私たちを力付けてくれる気がしました。娘たちが小さい頃は、家族4人で何度も訪れた場所なので、私たちは当時の思い出についてもあれこれ語り合い、童心に戻って楽しい時間を過ごすことができました。

翌朝、私たちは、いわきの海に初日の出を見に行きました。夫が釣り好きだったことを思い出しながら、のんびりとした時間を過ごしました。夫は、生前、「もし自分が死んだら、海に散骨してほしい」と話していたこともありましたので、納骨する前にごくほんの僅かな骨を骨壷から取り出し、赤いタッパーに入れていました。そのタッパーには、白い文字で「Coca-Cola」と書いてありました。

「まさかこんなポップな入れ物に骨が入っているとは誰も思わないだろうね」

私が笑いながら言うと、娘たちも笑顔で頷きました。

「確かに？（笑）」

「我が家らしくて面白いって、パパも喜んでいるかもね」

私たちは、夫のユーモアセンスを思い出し、彼が私たちと一緒にその場にいるような気持ちになりました。赤いタッパーから少しずつ白い粉を取り出し、海にまいていきました。水面に光が反射し、キラキラと輝いているのを見ると、私たちは深い感動を覚えました。夫の思い出が海と一体になって広がっていく様子を見ることで、彼の存在が私たちの中に生き続けていることを感じました。海の波が優しく打ち寄せる音と共に、私たちは夫への感謝と愛情を心に秘め、新しい年の始まりを迎えました。

chapter 22

再発した脳梗塞と家族の絆

夫が亡くなって以来、東京に住む長女も以前よりも頻繁に自宅に戻ってきて、私や次女と過ごす時間を大切にしてくれるようになりました。夫はいなくなってしまったけれど、私と娘たち3人の絆は、深まったような気がします。ちょうど長女が帰ってきて、駅まで迎えに行った時に他県に住む私の両親から電話がありました。

スピーカーからは、父が訳の分からないことで怒鳴っている声が響き、母が泣きながら「お父さんがおかしくなっちゃった」と訴えてくる声が聞こえてきました。このような状況は今まで経験したことがなかったため、私は驚き、狼狽しましたが、看護師の資格を持つ長女はその様子を聞いて、父の脳梗塞が再発したことを疑ったようでした。実際、父は、5年前にも脳梗塞を起こして、入院した経験がありましたので、私は心配しながらも、長女のアドバイスに従い、その病院に電話することにしました。結果として、父は脳梗塞を再発させた恐れがあることが分かり、私と娘たちは、急いで私の実家に向かい、嫌がる父を無理やり車に乗せて病院に向かうことにしました。父は抵抗していましたが、私たちは父の健康を最優先に考え、診察を受ける必要があると説明しました。

車の中で父は不安そうな表情を浮かべ、相変わらず訳の分からないことを話し始め、病院に行くことを拒否していました。長女は穏やかな声で話しかけ、父の心を落ち着かせるような対応をしていたようです。運転していた私は、病院までの道のりがいつもより遥かに遠く感じました。やっとの思いで病院に到着すると、スタッフが迅速に対応してくれました。父はすぐに医師の診察を受け、治療が始まりました。私は待合室で不安な時間を過ごしましたが、長女が冷静な態度で私を支えてくれました。

結果的に、父の状態は脳梗塞の再発であり、即座に治療が必要であることが判明しました。医師の指示に従い、父は入院することになりました。当時はコロナウイルスの流行により、通常は個室でも付き添いが制限されることがほとんどでしたが、父の状態が深刻だったため、私は再び病院に泊まり込む生活が始まりました。父は呂律が回らず、突拍子のない発言を急に始め、私が理解できないことを怒鳴り出すなどの症状があり、病院のスタッフもその対応に苦労していました。

娘たちが帰った後、私は病院と実家の間を一人で往復しなければならなくなりました。夫が今ここにいてくれたらと、何度も思いましたが、現実には夫はもうそばにいないのです。しかし、そんなことを考えても仕方がありません。5年前も、父はこの病院に運ばれたことがあり、その際も厳しい状況でしたが、奇跡的に回復したことを思い出し、今回も私が今できることを考え始めました。

chapter 23

壊死した足を救った奇跡の足指ワイワイ

5年前、父が脳梗塞で初めて入院する前から、私は『引き寄せ』の法則に興味を持ち始めました。その結果、私の生活の出来事が徐々に良い方向へ進展しました。興味のあることを次々と学ぶうちに、かつて疑問視していたスピリチュアルなことまでが、私の仕事として形になっていきました。そして、当時私にとって高額だったカナダのリトリートの参加費も、何とかして用意することができました。

リトリートを楽しみにしていたある日、実家を訪れると、いつも元気な父の体調が明らかに悪化していました。即座に近くのクリニックに連れて行ったところ、より詳しい検査のために大きな病院を受診するよう勧められました。その病院での診断結果は、まさに衝撃的でした。

「大変危険な状態です。血栓が身体中に飛んで、脳梗塞、脾梗塞、足は壊死しています。手術して切断することになるかと思います」

と、医師から思いがけないことを告げられ、呆然としてしまいました。

「え？ 切断ですか？」と驚いていると、

「手術ができるのは生きている時のみです。今のうちに身内の方や会わせたい方を呼んでおいてください」

と余命宣告までされてしまいました。私は驚きと絶望で打ちひしがれそうでした。

「こんな悪夢みたいなことって、本当にあるのかしら？　せっかく費用を捻出できたのに、このままではカナダのリトリートどころではなくなってしまう。こんな状況は絶対に嫌。とりあえず、自分でできることをやってみよう」と思いました。

そこで、個室に移ってからは、当時習い始めたばかりのさとう式リンパケアの「足指ワイワイ」という手技を父親に試してみました。脳や内臓に触れるのは怖かったのですが、医師が切断の手術をすると言っていた足なら、多少触っても大丈夫だと思ったのです。足指ワイワイとは、足から顎までの筋肉を繋げて活性化させる簡単な手技で、足のむくみや疲れを解消し、身体のバランスを整えられるので、もしかしたら、少しは壊死にも良い影響を与えられるかもしれないと思ったのです。この時は、祈るような気持ちで、一晩中ずっと続けていたような気がします。続けているうちに、父親の足先が少しずつ変化していくのが分かりました。初めはどす黒かった足先に徐々に血色が戻ってきて、赤みが生まれてきたのです。それを見て、私は希望を抱きました。父親も効果を感じているようでした。触れられることに慣れ、筋肉の活性化が起こり、足のむくみも解消されているようでした。その状態を確認するたびに医師や看護師も首を傾げ、不思議そうに眺めていました。

一緒に行っていたリハビリテーションや医療処置とともに、この手技が父親の回復に一役買っていることを実感しながら、私は毎日足指ワイワイを継続しました。壊死の進行が止まり、周囲の皮膚が徐々に再生していく様子が見られました。時間が経つにつれ、父の足はますます健康的になり、その進歩は医療スタッフや家族にも驚きを与えました。

1週間ほど経った頃、医師は父親の足の状態を評価し、手術の必要性が減ったことを告げました。一安心した私は、父が緊急入院してから更新していなかったブログなどで、この奇跡的な状況を報告することにしました。すると、多くの方から応援メッセージが届きました。中には、遠隔ヒーリングなどを毎日のように送ってくださる方々までいらっしゃいました。そのおかげもあって、その後も父親の回復ぶりは奇跡的とも言えるものでした。入院当初は、もし退院できても、自宅に戻ることは絶対不可能で施設に入ることになると言われていたのですが、驚くべきことに、1ヶ月後には退院し、自宅に戻れることになったのです。

「入院当初は生きるか死ぬかの状態だったのにここまで回復するのは素晴らしいですね」

と、医療スタッフの方からも言われるほどでした。退院する頃には、父の足は完全に健康状態に戻り、彼は再び自立して日常生活を送ることができただけでなく、趣味の山登りや畑仕事までできるようになりました。

足指ワイワイは、とても簡単な手技で、道具も必要なく、誰でも簡単にできるので、ぜひ、読者の皆様もお試しくださいね。

【足指ワイワイの手順】

ステップ1　足の指が触りやすい体勢になる。

ステップ2　片方の手で足の親指、逆の手で残りの4本の指を把持する。

ステップ3　噴水が飛び出るような感じで足の指を握った手を下から上に中心から外側にクルクル回す。

ステップ4　足裏の母趾球と小趾球に触れて揺らす。

強くやる必要は全くありません。本当に軽い力で触れるようにします。指先が柔らかくなると、大きく回せるのですが、最初は小さな円を描くような動きで大丈夫です。通常は1分程度でも充分です。

この経験を通して、私は逆境に立たされた時、自分にできることを最大限に尽くす重要性を学びました。父の余命宣告を受けた際、最初は深い絶望に包まれましたが、諦めずに自分にできる行動を起こしたことで、支えてくれる人も増え、予想もしなかった奇跡を体験しました。それにより、心置きなくカナダのリトリートにも参加することができました。カナダのリトリートは、私の人生における大きな転機となりました。

chapter 24

リトリート後の成功と挫折

カナダのリトリートでは、さとう式リンパケアの考案者である佐藤青児先生に直接、父の驚異的な回復について話す機会がありました。佐藤先生の繊細な技術や温かな指導により、父の回復過程を深く理解しました。彼の教えは私の心に深く響きました。リトリートでは、リンパケアだけでなく、エネルギーワーク、呼吸法、瞑想、風水、アロマセラピー、ヨガなど、多岐にわたる学びがありました。これらの体験は私にとって非常に貴重であり、心身のリフレッシュだけでなく、新しい視点や気づきも得られました。佐藤先生がSNSで「足指ワイワイ」という手技を使用した父の回復の様子をシェアしてくださったおかげで、私に関心を持ってくださる方が増え、これまでの趣味が次第に仕事へと変わってきました。自分の興味を深く探求し、それを元にセッションや講座を提供して事業を拡大していきました。特にエネルギーワークに関しては、様々な技術を習得し、お客様のニーズに合わせたヒーリングを提供しています。

この取り組みのおかげで、初めてのカナダのリトリートの際には費用の心配をしていましたが、2年後には、値段を気にせず即座に参加申し込みができました。その結果、通常では出会うことのできない素晴らしい方々と繋がることができ、さとう式リンパケアの指導資格も取得しました。さらに、バストアップやウエストダウンなどの手法を応用した遠隔セッションを開始し、その技術は佐藤先生によって「美ＢＯＤＹエネルギーワーク」と名付けられ、商標も登録しました。

「美ＢＯＤＹエネルギーワーク®」は、私が提供する独自の手法で、食事制限や運動なしに体型を整える革命的なアプローチです。セッションの前後で身体のサイズを計測し、その変化をクライアントに直接実感してもらうことで、多くの方から高い評価を受けています。例えば、ウエストが８㎝も減少するなどの劇的な効果があり、リピーターの数も増加しています。コロナの影響下でも、遠隔セッションを中心に活動を続け、オンラインへの移行がスムーズに行われたため、新たなプロジェクトやコラボレーションのチャンスが増え、活動の幅を広げることができました。

数年前まで私は「スピリチュアル」に対して疑問を持っていました。しかし、様々な実体験を経て、その深い意義を真に理解するようになりました。この体験をより多くの人々と共有したいという想いから、ＳＮＳ以外の発信方法を模索していたところ、あるメルマガで、私が初めてスピリチュアルを学ぶきっかけとなった『引き寄せの教科書』の編集者が新しい出版企画を募集していることを発見しました。

「これは運命の引き寄せなのだろうか？」と思い、迷わず応募しました。採用の知らせを受けた時、その喜びは筆舌に尽くしきれないものでした。

しかしその後、編集者との打ち合わせを続け、出版に向けての内容を練っていく中で、夫を突然亡くすという深い悲しみに打ちのめされました。その衝撃は強烈で、一時的に執筆の意義や動機を見失いました。そして、心が少し落ち着き始めたと思った矢先、父が脳梗塞で再び緊急入院するという出来事が起こりました。夫の訃報、喪失の深い痛み、そして父の病状。これらの連続する試練の中で、私は心身ともに極限の状態に追い込まれました。しばらくの間、自分自身とどのように向き合い、どう生きていくべきかの答えを見失いました。

chapter 25

新たな視点を教えてくれたメルマガ

私は今後、どうしていけば良いのでしょう？　人は試練を乗り越えるそのたびに、新しい強さを手に入れるものです。私の困惑は誰かの励みや希望になるかもしれません。しかし、その時の私は家族のことだけで精一杯でした。次々に襲ってくる困難に打ちのめされる中、偶然届いた1通のメルマガが目に留まりました。非常に長い文章だったので、普段なら全部読まずに削除してしまうのですが、「投資術」というワードに興味を持ち、「投資なら、誰とも会わずに稼げるかもしれない」と、添付されていた音声も聞いてみました。

学生時代に虐められていた話や引き寄せの法則にはまった話など、様々な内容が語られていました。顔も出しておらず、名前も明らかに本名でないため、「怪しすぎる」と思いましたが、何故かその声や喋り方に惹かれて最後まで聞いてしまいました。特に読者やリスナーに対して忖度しない毒舌なスタイルが面白いと感じたのです。その日から、メルマガが届くとすぐに開封して、音声を聞くことが、父親の入院中の密かな楽しみになっていました。

そのメルマガには、ほぼ毎回ワークが付属していました。ワークを実際に行なった人たちの感想や成果が音声でフィードバックされているのを聞き、興味を持ちました。様々な境遇で生きる人たちの声を通じて、辛いのは私だけでないことを実感しました。社会の厳しい現実に立ち向かいながらも、このメルマガを通じて自分を変えようと奮闘する人たちの姿勢に共感しました。私は直接感想を送ることはありませんでしたが、メルマガが数日届かないと寂しさを感じるようになりました。

夫を亡くしてから私は自分のメルマガの更新を停止していました。その喪失から来る深い悲しみで、日常の小さな喜びや希望すら感じられなくなりました。しかし、彼のメルマガを読むことで、私の心に再び希望の光が輝き始めました。彼の言葉や経験は私の心と深く共鳴し、新しい希望を見つけるきっかけを与えてくれました。過去の困難を乗り越えた人たちのストーリーやエピソードには、挑戦と克服の精神が込められており、私に大きな勇気を与えてくれました。この気づきを持った私は、自らの経験や学びを書籍にまとめ、多くの人々と共有し、彼らにも希望や勇気を与えたいと思うようになりました。人生の困難は避けられないものですが、その中で真の美や強さが生まれると確信しています。

そして、私が前向きになったせいなのか、父の健康が劇的に向上し、３ヶ月の入院の末、再び奇跡的に退院することができました。

chapter 26

エネルギーの等価交換

それでもいざ発信しようとすると、なかなか一歩を踏み出せずにいた私は、父の入院中読んでいたメルマガに書かれていたオンラインコミュニティに参加することにしました。投資術だったら人と関わらなくて済みそうというのもありましたが、心のどこかで人との繋がりを求めていたのかもしれません。それも今まで全く関わりがなかった方々と繋がる方が、気楽な感じがしたのも確かです。

そのコミュニティのオフ会では、他の参加者と直接顔を合わせ、一緒に食事やアクティビティを楽しみながらコミュニケーションを深めることができました。このような交流を通じて、私たちはお互いの経験や考えを共有し、心を通わせることもできるのです。共通の興味や目標を持っていたので、リラックスした雰囲気で自然と会話が進み、経験やアイディアの交換を行い、関係を深めることができました。

このような体験は、私にとって大きな変化のきっかけとなりました。喪失感は完全には消え去りませんでしたが、それが私の内なる美を形作る一部となりました。過去の辛い出来事から学び、成長し、自分自身を癒す過程で、新たな希望とエネルギーが湧き上がったのです。

今までオンラインセミナーでは聞くだけだったのに、自分の悩みを打ち明けたり、他のメンバーたちが抱える悩みや心の傷を理解したり、共感しようと努めました。私は人との繋がりに深く感動し、そこで時には励ましの言葉やアドバイスを送り、彼らの心に新しい光を灯すことができるように行動しました。この行為が、私自身も内なる傷を癒し、成長していく源となりました。

悲しみや苦しみを共有し、支え合うことで、私たちはお互いの内なる心の美を引き出すことができたのです。


エネルギーの等価交換の原則に基づき、私が他人を癒すことで、自分自身も癒されるのを実感しました。与えることと受け取ることは密接に関連しており、喜びや癒しは共有されるものだと気付いたのです。自己中心的にならずに、心を開き、他者と寄り添うことで、私の心は次第に軽くなり、内なるエネルギーが溢れ出してきました。

お互いに学び取り助け合いながら、経済的な成功だけでなく、心の豊かさと幸福を追求する価値を共有しました。人と人との真の繋がりや癒しのエネルギーを通じて、真の豊かさが生まれることを実感したのです。私たちは、それぞれの経験や力を分かち合い、心からの喜びを感じることで、人生の真の美しさを見つけることができました。

chapter 27

生まれ変わりのワークで生まれ変わる

ある日、オンラインコミュニティに「投資の胆力を養う方法」という動画がアップロードされました。動画を視聴してみると、それはさとう式リンパケアの考案者、佐藤先生による原始反射に関するものでした。私はこれまでリンパケアと投資の関連性を感じたことがなかったため、これには驚きました。そして、自分の経験をシェアしたくなり、思わず「実は、私はさとう式リンパケアの上級インストラクターです」とコメント欄に投稿しました。その結果、多くの方からの反応があり、動画を視聴した後の投資時の緊張が和らぐという意見もいくつか寄せられました。

この経験は、私にとって大きな再生の力となりました。投資には多くのリスクや不確実性が伴いますが、それに立ち向かうための冷静な判断力は絶対に必要です。この経験を通して、自分自身の内面の美しさや、これからの成長の可能性を新たに感じることができました。就寝前のワークの実践は、身体や感覚に対する意識を高め、緊張を緩和する効果がありました。私は過去の失敗を乗り越え、新しい挑戦に対して前向きになれるようになりました。このワークが、内面だけでなく外見にも良い影響をもたらすと信じて、それを実践し続けています。そして、様々な障壁を乗り越え、新たな可能性や希望を見つけることができました。

原始反射とは、胎児が生存するための本能的な動きであり、脳幹により制御されます。新生児の初期の成長段階で、これらの反射は非常に重要な役割を果たします。反射は段階的に統合され、それに伴い新しいスキルや能力が生まれてきます。これにより、中枢神経系が成熟し、脳の高次機能が発展していきます。原始反射は病気ではありませんが、統合が不十分な場合、日常生活で支障をきたすことがあります。数々の原始反射が存在しますが、今回は脊椎ガラント反射を統合するワークに焦点を当てて紹介します。

このワークの恩恵は、様々な挑戦に対する取り組みにも及ぶでしょう。胎児の頃の不安や恐怖を超え、過去のトラウマや過ちを乗り越えるこのワークを通して、新しいスタートを切る姿勢を具体的にイメージすることで、自信を再び取り戻し、積極的な行動を取ることが奨励されます。これにより、内面の美しさはもちろん、外見にもポジティブな影響をもたらし、総合的な魅力を引き出すでしょう。

読者の皆様も、是非このワークを体験してみてください。

【生まれ変わりのワーク】

ステップ1　胎児の状態への移行

* 仰向けに寝転んで、胎児になったつもりで身体を丸めるように縮めます。
* 暗い子宮の中で羊水に包まれているイメージを描きます。

ステップ2　自己決意と生まれるイメージ

* 成長している自分をイメージし、背中が圧迫される感覚を思い描きます。
* 圧迫感から徐々に苦しくなりながら、自分で生まれることを決意します。
* 最初は外の世界に出ることが怖いかもしれませんが、お腹の中にいると生命が危険にさらされるため、生まれ直すことを決意します。

ステップ3　魚のような動きと産道のイメージ

＊息を止めて、魚のような動きをイメージします。

＊足を伸ばし、頭を左右に振りながら、産道を通るような動きを想像します。

ステップ4　生まれる喜びと祝福のイメージ

＊息が続かなくなったら、手足を広げて「オギャー」という声を出し、生まれるイメージを持ちます。

＊自分が生まれ出た瞬間を思い描き、周囲の人々から祝福されている光景を想像します。

chapter 28

悲しみや苦しみを乗り越える原動力

コミュニティ内で「投資の胆力を養うためにも有効」という評判から、「さとう式リンパケア」への関心が高まりました。その結果として「さとう式リンパケア部」というグループチャットを立ち上げ、私は部長に任命されました。驚いたことに、参加者は100名近くに達し、私たちのグループは瞬く間に大きなコミュニティとして拡大しました。コミュニティの本コースが終了した後も、私たちのチャットは活発な活動を継続しました。初めは、さとう式リンパケアの推奨動画や関連トピックが話題の中心でしたが、徐々に多様な話題の共有を希望する声が上がり、グループ名の変更を検討しました。その際、メンバーの一人が「部長の名前を取り入れて『あきリンパ術』はどうか」と提案しました。さらに「さとう式」を「さとう風」に変えることで、リンパケア以外の話題もカバーできるようにしました。「術」という言葉の採用により、投資のテクニックや知識も共有できるとの考えが背景にありました。

私のチャット名が「あきりん」ということから、希望するメンバーには名前に「りん」を追加し、「〇〇りん」として呼び合うようになりました。その結果、グループは学生時代の部活動を彷彿とさせる、温かく楽しい雰囲気になりました。日常の投稿内容は多岐にわたり、リンパケアだけでなく、グルメや旅行、様々な占いの情報など、多様な話題が取り上げられました。私たちのグループは、多種多様な才能を持つ個性的なメンバーが集まり、情報を共有し合うコミュニティへと成長しました。このグループを通じて、私は他のSNSでは得られない深い共感や、サポートを感じることができました。異なる知識や経験を持つ各メンバーが、互いに刺激を受け合いながら成長する点が、このグループの最大の魅力となっています。

このグループのメンバーたちとは、他のＳＮＳの友人たちとは異なり、深い感情を率直に共有できる関係でした。特に、出版が決まった直後に夫を亡くし、一時的に出版企画を中断していたことを彼らに打ち明けたとき、心の重荷が少し軽くなったように感じました。彼らは私の状況を温かく受け入れ、真摯にサポートしてくれました。その理解と共感は、私の心を癒し、再び筆を執る勇気を与えてくれました。彼らのサポートのおかげで、夫の突然の死去を乗り越え、再び執筆する決意を固めることができました。彼らは、本の完成を心待ちにしてくださり、出版記念パーティーのためのリゾートホテルの写真やサインのデザイン提案など、数多くの応援メッセージを送ってくれました。彼らの温かい言葉や行動が、私に前進する勇気をもたらしてくれました。

そんなある日、グループのメンバーの一人が経営するペンションで、2泊3日のオフ会が開催されました。20名以上の仲間が全国各地から集まり、それぞれが自らの得意分野を無料で提供したり、神社ツアーや観光を楽しんだりして、とても充実した時間を持ちました。この一体感の中で、私たちは互いの個性を尊重し合うことや、助け合う大切さを深く感じました。最も感動的な出来事は、サプライズで用意された「出版予祝パーティー」でした。2日目の夕食後、部屋の照明が突然消え、音楽とともにサプライズのケーキが登場しました。大きなケーキには「あきりん、出版おめでとう」というメッセージが添えられ、さらに「100万部突破おめでとう!」という祝福の言葉をかけていただき、心温まるお祝いに、感動のあまり涙が止まりませんでした。その優しい雰囲気に触れて、感謝と喜びで心がいっぱいになりました。

このグループは私にとって、大切な家族のような存在となっています。お互いを助け合い、共に夢を追い続けていくことを強く感じています。困難や悲しみを乗り越えて、私たちはお互いを成長させています。この経験を通じて、絆が深まり、仲間の価値を再確認しました。困難を乗り越えることや喜びを共有することが、私たちの真の力です。人と関わりたくなかった私が、このグループのメンバーたちに出会い、人との絆を通じて様々な困難を乗り越える力を身につけたのは、不思議な運命だと感じ、心から感謝しています。

chapter 29

アルゼンチンタンゴで見つけた新たな希望

夫の突然の死から1年半ほど経ったある日、アルゼンチンタンゴの体験会が開催されることを知りました。アルゼンチンタンゴという言葉自体初めて聞くものでしたが、なんとなく興味を持ち、思い切って参加することにしました。

体験会では、初心者の私にも分かりやすいように先生たちが丁寧に教えてくださいました。私より年上と思われる女性たちが華麗に軽やかに踊る姿や、彼女たちの美しい姿勢やスタイルに心惹かれ、私も彼女たちのようになりたいと憧れました。初めて9㎝ヒールのダンスシューズを履いた時には、生まれたての子鹿のようにふらつきながら歩くことしかできませんでしたが、その緊張感とお洒落な雰囲気に心が躍りました。アルゼンチンタンゴを始めることで、私は忘れかけていたお洒落心やワクワクする気持ちを思い出しました。踊っている時は、悲しみや喪失感から解放され、新たな自分を見つけられるような気がしたのです。タンゴのリズムに身を任せながら、自分自身を表現する喜びを味わえることが、私にとってのエネルギーの源となっていました。

この新たなエネルギー源となったアルゼンチンタンゴは、私にとっての癒しと成長の旅でもありました。タンゴの練習は、私が立ち直るための救いにもなりました。ダンスの中で夫との思い出や感情を表現し、心の中の闇と向き合う勇気を持ちました。タンゴは喪失からの再生の道を示してくれる存在であり、自己を取り戻すための手段となりました。タンゴは私に新たな希望と目標を与えました。

タンゴを踊る時には、パートナーとのエネルギーの循環が重要な要素となります。私たちはお互いの身体の動きや姿勢を感じ取りながら、絶妙なタイミングでのリードとフォローを行います。その結果、パートナーとの間に信頼と調和が生まれ、エネルギーが相乗効果で高まります。タンゴを踊る時、私はパートナーと一体になり、音楽のリズムに合わせながらエネルギーを共有します。踊りの中で自己表現をする喜びを味わいながら、お互いに支え合い、感情を解放し、自己表現の可能性を広げていくのです。

夫という人生のパートナーを失った痛みと喪失感が、私の心を深く覆い尽くす中で、アルゼンチンタンゴはまるで窓から差し込む明るい光のように現れました。その魅力的なリズムと優雅な動きは、私に新たな可能性を感じさせました。この過去からの再生プロセスが、悲しみや苦しみを乗り越えることで真の美が創られるのだということを教えてくれるのです。

アルゼンチンタンゴを踊ることで、私は新たなるパートナーシップを体験できました。その時その時のダンスの中で、私たちは言葉を使わずに心を通わせます。動きやタッチを通じて、相手の感情や意図を理解し合い、互いの存在を尊重し合うのです。その過程で、私は悲しみの壁を乗り越えて、他者との新たな繋がりを育む方法を見つけました。この共鳴するエネルギーの中で、私たちのコミュニケーションは次第に深まっていきました。踊りは、単なる技法や動作だけでなく、心と心が交わる場でもあります。私たちは音楽と共に踊ることで、自己を解放し、他者との共感を分かち合い、新たな関係を築いていくのです。アルゼンチンタンゴは、夫の喪失から立ち直るための力強い方法となりました。その魔法の音楽と踊りは、私に新しい希望と美のエネルギーをもたらしてくれました。

chapter 30

大祥忌の教え

突然の喪失により、私の人生は劇的に変わりました。愛する夫の死は、その変化の最も大きな原因でした。この痛みと喪失感は深く、一時はＳＮＳの活動を休止し、かつて親しんでいた友人たちとも距離を置くようになりました。しかし、人との関わりを避けるために参加した投資のコミュニティが、思いがけず回復の場となりました。そのコミュニティ内で築いた新しい繋がりを通じて、私は徐々に立ち直りを始め、夫の三回忌法要を無事に迎えることができました。

法要の際、住職から「三回忌は大祥忌とも称され、かつて中国では三回忌まで喪に服し、これがご遺族にとって元の生活に戻れる幸運な節目とされていました」

という教えをいただきました。一周忌には「小祥忌」、三回忌には「大祥忌」という名前が付けられています。この「祥」という文字は、「吉祥」という言葉にも見られるように、幸運やめでたさを表す意味が含まれています。住職は、「祥」という字には「めでたい」や「幸い」といった意味があり、その幸運が「大きい」という理由からこのように名付けられたと説明されました。

この教えを胸に、新しい目標や夢を見つけるきっかけと捉え、幸運や幸せを願う法要に参加することが、新たなスタートへの一歩となることを感じました。

三回忌が終わった後、ようやくSNSで夫の死について触れる勇気が湧いてきました。2年の歳月を経ての告白には、100件以上の温かいコメントが寄せられました。今までほとんど交流のなかった方々からも、個別のメッセージで自身の辛い経験を乗り越えたことを共有くださる方々が現れ、その言葉たちが私の前進の大きな励みとなりました。

その後、私はＳＮＳの投稿を徐々に再開し、天が全てを赦すとされる天赦日《てんしゃにち》に、コラボライブを開催することに決めました。２年前、夫を亡くした当日に予定していたライブを突然中止せざるを得なかったことは、私にとってのトラウマでした。しかし、再開したライブでの温かな反応は私の心を温め、支えてくれました。多くの人々の支持と励ましにより、私は自分自身と向き合う時間を持つことができました。この大きな喪失を乗り越え、多くの人々の支えと自らの癒しの過程で、私の心は再び温かさを感じるようになりました。

この経験をもとに、計画していた本のテーマを「悲しみや苦しみを乗り越えて真の美を創造する」として再構築することを決意しました。夫の死後、私は多くの感情や経験を抱え込んでいましたが、執筆を通じてそれらを言葉にし、心の整理を試みました。文章を書くことは、初めは涙に濡れながら行い、何度も過去の出来事がフラッシュバックしましたが、徐々に心の慰めとなり、過去の出来事を受け入れる助けとなり、また、過去の出来事を振り返ることの意義を深く感じるようになりました。

chapter 31

神様との対話

執筆がなかなか進まなかったある日、私は神様との対話ができるという神社ツアーに参加することにしました。このツアーを経て、お金に対するネガティブな考えや言葉を改めること、そして感謝の心を常に持つことの大切さを学びました。初めは少し戸惑いましたが、受けた指導に基づき実践を重ねることで、次第に心が軽くなってきました。

青空の下、私たちは特別な場所を巡りました。この知る人ぞ知る秘密の場所は、まるで魔法にかかったような雰囲気がありました。そして、私たちは次第に内なる光の存在を感じ始めました。ツアーの途中、滝を眺めている最中に美しい虹が突如として現れました。この虹は、滝の浄化の力を私たちに伝えているかのようでした。

さらに、美しい富士山の頂上は雲で隠れていましたが、願いを込めて眺めると、雲が消え去り、その壮大な美しさを私たちに見せてくれました。その瞬間、私たちは神様の存在を深く感じることができました。ツアーでの教えでは、神様との対話の鍵は自分の心構えにあると伝えられました。他人の陰口を言わず、元気づける言葉を大切にすることが、神様との対話を可能にする鍵だということです。

また、嫌な人に出会った際には、「その人に幸せの呪いをかける」という方法を学びました。呪いという言葉には特別な意味があり、それは自分自身にも影響を及ぼすという法則があること、そして他人の幸せを願うことで、自分も幸せになれるということです。

人生には困難な状況が訪れることもあるかと思います。しかし、そんな時だからこそ、虹のような美しい瞬間や驚きが待っていると信じ、感謝の心と前向きな態度を持つことが大切だと思います。お金や美しさは、一見関連性がないように思えるかもしれませんが、実際にはポジティブなエネルギーとその流れに深く関わっています。心の中からの感謝のエネルギーを絶えず放つことで、真の価値や美しさを自らに引き寄せることができます。

この経験から、お金や美しさに対する感覚は、単に物質的なものだけではなく、心の持ちようやエネルギーの流れとも深く関係していることを学びました。物質だけを追い求めるのではなく、内面的な価値や感謝の心を大事にして、人生の真の価値や美しさを追求することが、私にとっての大切な教訓となりました。

最後に神様との対話ができると言われる場所を訪れた際、私は心の中で夫が亡くなった真の理由を尋ねました。

その時、『人間の力では家族を完全に守ることはできないが、今私は常にそばにいて全力で守っている』という言葉を感じ取りました。

それを聞き、以前、事故に巻き込まれそうになった時、夫が私を助けてくれたのかと思った途端、『当然だ』という確信が強く湧き上がりました。

「これからは、誰のためでもなく、自分の道を自分らしく歩んでほしい。私は常にそばで応援している」と、夫がそう伝えているかのように感じました。彼が常に私のそばにいて守り、応援してくれることを実感し、それは私の心の安らぎとなり、執筆活動にも力を与えてくれました。

chapter 32

『引き寄せの教科書』が引き寄せた夫からの贈り物

過去の出来事を振り返り、心に深く刻み込まれたストーリーが浮かび上がり、自分にしか書けない物語が存在することを、強く感じました。奥平亜美衣さんの『引き寄せの教科書』を久しぶりに手に取り、そのページをめくる手には、新たな章への期待とこれまでの克服への敬意が込められ、心地よい重みを感じました。この本は私にとって、人生の様々な出来事を引き寄せてきたきっかけとなりました。実際にこの本を編集された小田さんの企画に参加でき、子供の頃からの夢であった出版も引き寄せました。

そして、その喜びを噛み締めていた幸せな瞬間にもかかわらず、夫の突然の死という人生で最も辛い出来事を引き寄せてしまいました。しかし、これは偶然ではなく、大きな意味が込められているように感じました。

そのような思いを胸に抱きながらページをめくっていると、「死は存在しない」という言葉が目に飛び込んできました。肉体が滅びても意識は生き続けるのかもしれないという考えに私の心は揺さぶられました。あの世やどこかで、夫の意識が存在しているのかもしれません。その考えに胸が震えました。さらに読み進めると、「あなたは永遠に続きます。永遠の時間の中でちょっと地球に遊びに来ているとしたら、やることは楽しむことしかないでしょう！」という言葉が目に飛び込んできました。この一節は、私の心に深く響きました。以前よりも強く、確かなものとして感じられました。

もし、夫が意識として生き続けているのであれば、私は彼に喜んでいてほしいと願いました。彼には、私が泣いて悲しむ姿よりも楽しんでいる姿を見せたいと思いました。その願いから得た勇気と決意で、私は中断していた執筆を再開することに決めました。夫の突然の死は、まるでドラマのシリアスなシーンのようでしたが、あの瞬間の夫の顔は、今思い出しても本当に満足げな笑顔だったのです。

夫が私の出版を一番喜んで応援してくれていたので、もしかすると、

「これは、本がベストセラーになるための俺からの最後のプレゼントだよ。楽しいシーンが続くだけよりも、一度どん底まで落ち込んで、そこから這い上がるストーリーの方が感動的だし、盛り上がるだろう？　だから俺の死を乗り越えて最後まで書き上げて」

そんな風なことを伝えたかったのかもしれません。

この思いに共鳴し、私は彼が残してくれたストーリーを最後まで書き上げる覚悟を決めました。彼の存在は、私が逆境に立ち向かい、感動的な結末へと導くための重要な要素でした。彼からもたらされたこのエピソードは、私が作家として輝くための貴重な贈り物かもしれません。夫の存在が私に力を与え、進むべき方向を示しているように感じました。夫の言葉に導かれながら、私は何度も中断していた執筆を再開しました。

進むべき道に迷いながらも、夫の遺志を感じるたびに、新たなエネルギーが湧いてきました。彼の死を乗り越えるという試練は、私にとって大きな挑戦でしたが、その試練を通じて、私は自身の成長を感じ、内なる力を発見しました。夫の死が私にもたらした痛みと苦しみは、真の美を創り出すための鍵であることを理解しました。

夫の突然の死が私に教えてくれたことは、何事にも立ち向かい、自分自身を奮い立たせ、喜びを見つけることの大切さです。彼の思いを胸に抱き、人生の物語を進む勇気を得ました。人生は自分自身で演じる舞台とも言えます。だからこそ、シリアスなドラマの「悲劇のヒロイン」ではなく、コメディタッチのドタバタ劇の主人公として生きていきたいのです。どんなに辛い時でも、一つ一つの課題を乗り越えていけば、最後には必ずハッピーエンドが待っていると信じています。私は夫の存在と彼の言葉を胸に刻み、逆境を乗り越えつつ、物語を最後のページまで紡ぎました。この本が、読者の心に勇気と希望を届けることを願いながら、執筆してきました。

そして、物語はついに完結しました。最後のページを書き終えた瞬間、夫との繋がりを強く感じました。彼が私を励まし、支えてくれたことは、この物語の中にも息づいていました。私の願いは、このストーリーが読者の心に届き、勇気と希望をもたらすことです。

chapter 33

悲しみと苦しみに満ちた瞬間こそ真の美へのステップ

この本を手に取っていただき、心から感謝いたします。執筆活動を通じて、これまでの人生を振り返る貴重な機会を得ることができました。改めて読み直してみると、過去には喜びと悲しみを交えた多彩な出来事がありました。この中で悲しみと苦しみは避けられない現実でした。これらの感情は、私たちが経験する感情の幅広いスペクトルの中でも、特に深い影響を私たちに与える要素です。しかし、それでも悲しみや苦しみを通じて私たちは内なる美や強さを見出すことができるのです。

この本では、その発見と探究に焦点を当ててきました。人生の厳しい瞬間に立ち向かうと、悲しみや苦しみの波に押し流されそうになることがあります。

しかし、そうした瞬間こそが内に秘めた真の美を見つけるチャンスなのです。困難に直面すると、自然と悲しみや苦しみが生まれますが、その中には新しい強さや気づきが潜んでいます。困難な状況に立ち向かい、逆境を乗り越える過程で初めて、真の美が浮かび上がるのです。この美は外見だけでなく、心の奥深くに宿るものであり、自分の内面を知り、成長することでより一層輝きを増します。悲しみに向き合い、その中から新たな強さを見出すことで、私たちは内面からの輝きを手に入れることができます。また、困難な経験を通じて学ぶこともたくさんあります。

悲しみや苦しみからの学びは、成長や進化に向けた貴重な機会です。これらの学びを活かすためには、以下の4つのポイントが重要です。

1　被害者意識を捨てること

困難に直面した時、自分を被害者として捉えるのではなく、常にフラットな立場で客観的に問題に立ち向かい、解決する意識を持つことが大切です。

2　過去の出来事への意味付けと行動

過去の経験や状況に対して悲観的ではなく、何かしら学びや意味を見出すことが重要です。これにより、苦難を乗り越え、未来に向けて前向きかつ積極的な変化をもたらすことができます。困難は真の美の源となり、内なる強さを引き出します。

3　興味を持ったことへの学び

新しい興味を見つけ、それに取り組むことで心に刺激を与え、成長の機会を増やします。好奇心や情熱に従って学ぶことで、新たな可能性が広がります。

4 人との出会い

新しい人々との出会いは、新たな視点を提供し、支え合いの糧となります。人間関係を大切にし、共感と理解を深めましょう。他者との繋がりは、困難な時期において支えとなり、新たなアイデアや視点を得る助けになります。

これらのポイントを実践することで、悲しみや苦しみを乗り越え、内なる美や強さを発見する道が広がります。これは一過性の努力ではなく、継続的な意識と行動が必要です。人生の旅は挑戦と成長の連続ですが、その中で自分自身を深く理解し、前向きな変化に向かって進むことで、真の美を見つけることができるでしょう。

おわりに

この本を書くにあたり、過去の辛かった出来事が思い出され、何度も挫折しそうになり、フラッシュバックしました。なんとか書き上げることができたのは、皆様の温かい励ましやサポートのおかげで、本当に感謝しております。

「もうダメ」「どうして私ばかり、こんな目に遭うの?」「やりきれない」。そんなネガティブな思考に陥った時こそ、「次のステップへのチャンス」と今では、やっと思えるようになりました。人生の中で立ち向かうべき困難な瞬間は、悲しみに飲み込まれそうになることがあります。

しかし、その瞬間こそが、内に秘めた真の美を発見するチャンスです。例えば、私は最愛の夫を突然亡くしました。その時の絶望感や苦しみは計り知れませんでしたが、それがきっかけで再度新しいテーマで執筆活動に挑戦し、自分の可能性を広げることができました。

悲しみと向き合い、新たな強さを見つけることで、私たちは内なる輝きを手に入れることができます。困難な体験を通じて学ぶことは多く、苦しみからの学びは成長や進化に向けた貴重な機会です。これらの学びを活かすためには、悲しみや苦しみを乗り越え、前向きな変化に結びつけることが重要です。

どんな状況の時でも、口角を上げて無理矢理にでも笑顔を作ると、不思議と本当に悲しい気持ちが和らいで、気持ちが明るくなれることがありますので、最後に、鏡を使用した笑顔のエクササイズを紹介します。

【笑顔のエクササイズ】

ステップ1　鏡の前で深呼吸をしながら、自分をリラックスさせます。

ステップ2　ゆっくりと口角を上げて、自然な笑顔を作ります。目も含めて、表情全体が明るくなるよう心がけましょう。笑顔を保ちながら、数回深呼吸を行います。

ステップ3　ゆっくりと口角を元の位置に戻します。笑顔から元の表情への移り変わりを感じてみてください。

これらのステップを数回繰り返すことで、笑顔のエクササイズを実践しましょう。このエクササイズを日々の習慣として取り入れることで、笑顔の持つポジティブな力を最大限に引き出すことができます。笑顔は、単なる表面的な表情だけでなく、内なる感情や意識の側面にも影響を及ぼすことがあります。そのため、自分自身に対して「被害者意識を持たない」姿勢を持つことも大切です。笑顔のエクササイズを通じて、自分の内面にポジティブなエネルギーを注入し、自信と希望を育みましょう。笑顔が心を温かく包み込むような感覚を体験することで、自分に対する愛と受容の感情がより深まります。これによって、過去の悲しみや苦しみがあっても、その経験を自己成長や内なる美の探究への一環として捉えることができるようになるでしょう。

最後に、この本が読者の皆様の悲しみや苦しみを軽減し、真の美を創造するお手伝いができれば幸いです。読書を通じて新たな視点を得ていただき、心からの感謝を申し上げます。「あの絶望を体験したからこそ、今がある」と心から笑顔になれる日が来ることを願っています。

2024年4月

菊田　アキ

●読者特典のお知らせ●

本書 chapter 33「悲しみと苦しみに満ちた瞬間こそ真の美へのステップ」に書かれている 4 つのポイントの具体的なエクササイズをまとめた PDF をプレゼントいたします。

下記の QR コードからアクセスし、必要事項をご記入して、送信ボタンを押してください。

https://resast.jp/subscribe/ZDQ3OTRmNTUwN

この特典を通じて、あなたの成長と内面の美をサポートできることを心より願っています。どうぞご活用ください。

※ ご提供いただいた情報は、本特典の送信およびサービスに関する連絡以外には使用いたしません。

【著者プロフィール】

菊田アキ（あきりん）

美ジョンクリエーター
さとう式リンパケア上級インストラクター
美BODYエネルギーワーク®創始者

栃木県宇都宮市生まれ、日本女子大学文学部卒。

都会や海外生活に憧れながらも福島県内の旅館に嫁ぐ中で、慣れない生活や育児のストレス、東日本大震災などにより心身に不調をきたす。

奥平亜美衣氏の『引き寄せの教科書（小社刊）』に感銘を受け、引き寄せの法則を実践し、エネルギーワーク、さとう式リンパケア、タロットなどを好奇心の赴くままに学ぶ。

その結果、お金の循環、家族を含む人間関係、体調の改善を経験し、それを多くの人に広めるためにセッションを提供し始める。


2020年に商標登録した「美BODYエネルギーワーク®」では、「食事制限なし」「運動なし」でもスタイルアップし、ウエストが1回のセッションで10cm減少するなど驚異的な変化をもたらしている。

また、エネルギーワークとタロットを組み合わせて、クライアントの理想の未来の創造をサポートする「美ジョンクリエーター」としても活動し、約2年で2,000人以上にセッションを行う。


子供の頃からの夢だった出版も引き寄せたものの、執筆の矢先に夫が突然亡くなり、失意のままに約2年間活動停止。

絶望感に苦しみながらも、その中から生まれる新しい可能性や成長への扉を信じ、自分自身と向き合う。

「悲しみや苦しみが、人生において真の美を生み出すプロセスであることを知ってほしい」という願いを込めて、本書を執筆。

現在はマイナス10歳の美と心を創る遠隔美容法を通じて、多くの人々に美や幸福を提供している。

ホームページ：
https://akirin777.com

LINE
公式アカウント

装幀／冨澤崇（EBranch）
本文デザイン／a.iil《伊藤彩香》
組版／野中賢・安田浩也（システムタンク）
校正／あきやま貴子
編集協力／小関珠緒
編集／小田実紀

悲しむひとは、美しい。

初版１刷発行 ● 2024年4月22日

著者

菊田《きくた》 アキ

発行者

小川 泰史

発行所

株式会社Clover出版

〒101-0051 東京都千代田区神田神保町3丁目27番地8　三輪ビル5階
Tel.03(6910)0605　Fax.03(6910)0606　https://cloverpub.jp

印刷所

モリモト印刷株式会社

ISBN 978-4-86734-210-7　C0095